〔日〕凑佳苗 著

段白 译

为了N

凑かなえ

上海财经大学出版社
SHANGHAI UNIVERSITY OF FINANCE & ECONOMICS PRESS

图书在版编目(CIP)数据

为了N / (日) 凑佳苗著; 段白译. --上海: 上海
财经大学出版社, 2025. 6. -- ISBN 978-7-5642-4531
-3

Ⅰ.Ⅰ313.45

中国国家版本馆 CIP 数据核字第20246B2P57号

□ 特邀编辑　朱晓凤
□ 责任编辑　袁　敏
□ 封面设计　曾冯璇

为 了 N

[日] 凑佳苗　著

段白　译

上海财经大学出版社出版发行

(上海市中山北一路 369 号 邮编 200083)

网　　址 : http://www.sufep.com

电子邮箱 : webmaster@sufep.com

全国新华书店经销

北京文昌阁彩色印刷有限责任公司印刷装订

2025 年 6 月第 1 版 2025 年 6 月第 1 次印刷

787mm × 1092mm　1/32　9.375 印张　156 千字

定价：58.00 元

图字：09-2025-0225号

Nのために

湊かなえ

目 录

第一章

事件

1月20日晚7点20分左右，××警署收到通报：公司职员野口贵弘与其妻子野口奈央子被发现死在他们位于东京都××区××317-817-4802的家中。

警察立即赶往现场，向四名目击证人了解案件经过。

N·杉下希美

我叫杉下希美，今年22岁，是K大文学部英语系的大四学生。

住址是——户籍地还是现在的居住地？还是都需要？

我老家在爱媛县××郡青景村37-5号。嗯，是在村里，而且是在岛上。现在住在东京都××区××214号"野蔷薇庄"102室。那是个2层的木造老破公寓，跟野口先生他们家的高级公寓简直比不了。

我认识野口先生夫妇是在一年前的那个夏天。

当时我在公寓里认识了一个叫安藤的、比我大一岁的朋友。有一次，我们俩为了庆祝安藤拿到工作的内定①，一

---

① 译者注：这是日本企业招聘中的一项常见手续，即企业提前挑选尚未毕业的学生，对其中合格的学生发放"内定"资格，双方约定毕业后该学生进入企业工作。

起去了一趟冲绳的石垣岛。在那里我们报名了浮潜旅行团，在旅行团中认识了他们夫妇。虽然我们住的是比较便宜的民宿，他们夫妇住的是当地有名的度假酒店，但是两家旅店合作的浮潜机构好像是同一个，所以我们四个人正好被安排进了同一个初级课程班里。

那是我和安藤第五次尝试浮潜，虽然我们俩的老家在不同的地方，但都是在海边长大的，潜水时倒是没有什么害怕的感觉。

我们坐船到了一个很小的无人岛上，从沙滩上开始了第一次下潜。我们带着很重的气瓶，让人不太舒服，但能看到许多颜色鲜艳的小热带鱼，也玩得非常开心。

第二次我们则坐着船来到了海上开始下潜。我们的目的地是一个据说能看见魔鬼鱼的著名景点，当初我和安藤就是冲着这个景点才咬牙报了这个价格高昂的浮潜团的。但我们才下潜了十来米，野口先生的太太奈央子突然害怕得不得了，可即便回到了船上，她也一直浑身发抖。结果我们一行人什么都没有看到，只能提前结束了行程。

老实说我真的很失望，甚至有点儿想让他们夫妇赔偿我一半的团费呢。不过幸好我忍住了，什么也没有说。当天晚上，野口先生就邀请我们去他们住的酒店吃晚餐。

野口先生借口说是想向我们道歉，但我听说他在此之前本就打算邀请我们。

　　那个时候我和安藤都非常痴迷于下将棋①——听起来是不是不太像女大学生喜欢玩的东西？我是跟着高中时的老师学的下将棋，我和安藤在两次潜水间的休息时间，在椰子树的树荫下摆上了便携棋盘，一手拿着充当午饭的饭团，一边见缝插针地下了几局棋。

　　正好，野口先生也很喜欢下将棋。他远远地旁观了一会之后，好像觉得我们俩的棋力还不错，想着一定要找我们下一局。但其实我们俩都只是业余水平，不过是学着电视上专业棋手们对弈时的模样，依葫芦画瓢地装样子罢了。

　　那天的晚餐真的非常棒，我还是第一次吃到那么大的龙虾呢！

　　吃完饭，我们来到灯火通明的露台上喝酒，安藤陪着野口先生下棋。巧的是，安藤拿到内定的那家公司，正好就是野口先生工作的地方。所以他们俩先手谈一局，也算是提前打招呼了。

　　我和奈央子一边看他们两人下棋，一边随意聊着天。

---

① 译者注：在日本流行的一种棋类。

我记得，我们应该主要是在聊奈央子去上烹饪课的事。

她告诉我，她即将要跟着野口先生一起前往海外工作，想必总会有许多场合需要设宴招待当地人，作为妻子的她自然应该下厨，可偏偏她又不擅长厨艺。野口先生工作十分努力，是同一批进公司的人里升职最快的，奈央子不想拖他的后腿，所以决定趁还在日本时抓紧时间学习。

他们夫妇真的很般配。野口先生在大型综合贸易公司"M商社"工作，身材魁梧，言谈举止都有一种爽朗的气度。奈央子是野口先生工作的那家公司的董事千金，个子又高长得又白，简直像模特一样漂亮，性格也十分温柔。我和安藤从第一次见到他们夫妇时，就对他们非常有好感。

毕竟，看见他们后，我们才知道原来世界上真有这样的模范夫妻呀。

回到东京之后，野口夫妇邀请我们去家里做客，我们当然没有理由拒绝。他们住在"天空玫瑰花园"，那是一栋很有名的超高层豪华公寓，足足有52层，他们夫妇就住在48层。而且，据说这里只是他们在离开日本前的临时住所，这有钱人的生活可真是……听说，野口先生家里也是财力雄厚，不过关于这点我们也没有详细问过。

野口夫妇招待我们去过好几次那种在美食指南排行榜

中榜上有名的高级餐厅，不过大多数时候还是去他们家里做客，因为他要找我们下棋。几乎每个月要去一两次。以前我总是和安藤一起去拜访他们，但去年4月安藤开始工作以后，就多半是我自己一个人去了。

你们可别误会，我们和野口先生下棋时，奈央子都在场，我可不想被你们误会。

其实，我觉得安藤和野口先生下棋的次数应该比我多一些，毕竟他们在同一家公司工作。听安藤说，有时午休时间野口先生也会找他下棋。

我有时会跟奈央子单独出门，一起看看电影、听听音乐会、逛街、吃饭什么的，奈央子对我就像对亲妹妹一样疼爱。

这么说可能显得有点儿厚脸皮，我怎么配当那样好的人的妹妹呢。我们的长相和家境，都是天差地别。

奈央子说她从来没有一个人住过，想来我家看看，所以我邀请她来过一次我的小破公寓里做客。她打量了一会这间没什么正经家具、只有十平方米大小的房间，沉默了一会才像突然想起什么似的夸赞道，像是"大草原上的小房子"一样，是间很棒的房子。我没有什么收集可爱小物件的爱好，也没有采用乡村风的装修，所以也许是这间房子让她产生了要"拓荒"的想法？

没过几天，她就借口说是感谢我一直陪伴她，送来了简直像是嫁妆一样精致漂亮的梳妆台。

但是，到了11月以后，她突然再也没邀请我出去过。

我想不起有说错什么话令她不高兴，最后一次见面时她还说想去晚餐剧场，下个月还有一家很棒的咖啡厅要开业，问我要不要一起去什么的。突然发生这样的改变，我有点担心，于是就给她发了条信息：

——好久不见，你最近还好吗？

但她没有回信息，电话也打不通，我实在没办法，就趁周末给野口先生打了个电话。野口夫妇虽然住在那么高级的房子里，却没有装固定电话，我也不知道野口先生的邮箱。

我对野口先生说了奈央子的手机打不通的事情后，他很快就把电话交给了奈央子。

奈央子说她那段时间身体不太好，向我道歉。我想，果然是这么一回事啊。不过后来奈央子又说，因为她不怎么出门，反正手机也用不上了，就没有继续交电话费，这就有点令人惊讶了。我想，虽然她嘴上说身体没什么大问题，但会不会其实是生了什么严重的病？总之，我还是非常担心她。

因为安藤工作很忙，我们那段时间也不太联络。之后又过了一阵子，安藤邀请我一起去野口夫妇家里看望奈央子。那是12月的第二个星期六的中午。

之前在电话里，奈央子的声音听起来就有些虚弱，见面之后，看见她那本来就白的皮肤上毫无血色，整个人就像马上要变得透明、消失了一般脆弱，我真是心疼极了。

不过，野口夫妇还是一如既往地热情招待了我们。

我们平时去野口先生家时，一般都在他的书房里下棋，野口先生也很喜欢爵士乐，所以那间房间的隔音非常好。但那天，我们在客厅里一起喝茶并且特意把棋盘也搬到了客厅，安藤和野口先生在一旁下棋，我则是和奈央子聊着天。

聊着了一阵，我感觉奈央子的状态好像没有看上去那么差，稍微安心了一点。突然，她沉默了下来，我还在想怎么了的时候，她却哭了。大滴大滴的眼泪从她的脸上滑落，她的手指颤抖着，看起来情绪波动非常大。平常，野口先生在下棋的时候都非常专心，连电话响了也听不到。但这次，他立刻就注意到了奈央子的异常。

奈央子哭起来的时候，他马上就站起来，一边说着“没事的，没事的”，一边环抱着她，把她送回了房间。

我想，我们这时候去看望她，反而打扰到她了。所以我和安藤向野口先生道歉后，就离开了。野口先生把我们送到玄关处，那时，我们俩同时注意到一件奇怪的事情——不过，我们都没有说出口，只是默默地多看了一会。

　　是门上的防盗门链。门上有两道锁，一看就是最新式的高级货，乍一看都分辨不出那是锁，与这栋安保严密的高级公寓非常相称。但在下方安装的，是一条非常普通的防盗门链，甚至跟我家门上的差不多，看起来就是一般家居店里买得到的便宜货。所以我们都觉得有点儿奇怪，但最奇怪的是另一件事。

　　防盗门链，是装在门外侧的。

　　比方说……野口先生家里只有这一扇门可以出入，如果家里来了小偷，可以从外面把门锁上，这样小偷就跑不掉了，可以趁机打电话叫警察来抓人。但是真的会有人采取这样的防盗措施吗？

　　我和安藤交换了一下眼神，决定当作没看见。这时，野口却说着"可以再陪我一下吗"，邀请我们一起去位于公寓顶楼的公共会客室。不愧是高级公寓，我还以为这样的会客室只有酒店才有呢，入口的地方甚至还有专人接待。

　　野口先生关上门，顺手锁上了门链。

为什么呢……看到这一幕的时候，我感到一阵恶寒。就好像在那个瞬间，我也被关进了那间房子里一样，几乎喘不上气。我忍不住抓住了一旁的安藤的手，安藤也露出了不太舒服的表情。这时野口先生已经先走向电梯了，正背对着我们，我没有看见他脸上究竟是什么样的表情。

等到了会客室时，他看起来就又是平时那个野口先生了，只是看上去有点儿疲惫。

野口先生和奈央子曾经带我们来过这里一次，当时，我们是坐在能眺望夜景的位置上喝着酒。不过那天我们到的时候刚过下午 3 点，所以我们只是坐在靠里的位置上喝咖啡。

野口先生告诉我们，奈央子上个月流产了。她才怀孕两个月，甚至还没有发现自己怀孕了，雨天外出时不小心摔了一跤，孩子就这么没了。

她的身体已经在慢慢恢复，但是精神上受了很大打击，至今情绪还是很不稳定。据说，她曾经在野口先生上班的时候，光着脚出了门，神情恍惚地在街上游荡，差一点就冲到马路上了。还好，管理员及时把她救了下来并报了警，警察赶紧联络了野口先生。

野口先生解释道，他也知道在旁人看来这样很奇怪，他自己也不想把奈央子关起来，但是为了保护她的安全也实在没有办法，才从外面把门锁上，不让她出门。

他说，希望夫妇二人携手共渡难关，所以这件事他谁也没有告诉，但是奈央子的症状越来越严重，说实话，他已经有些束手无策了。他也想过，要不要把奈央子送回娘家，但是她和娘家的嫂子不太合得来，所以作罢了。他还说，今天我们来了，奈央子看起来很高兴，情绪比平时好得多，或许我们会觉得闷，但还是希望我们以后能常来陪奈央子聊聊天。

听到这话，我不由得低下了头，十分后悔，刚才不应该盯着门链瞧个没完。我想，虽然我能做的事有限，但还是该为奈央子做点什么，既然她出不了门，或许我可以给她买点好吃的，送点舒缓情绪的音乐 CD 之类的。

我对野口先生说，只要你们不嫌弃，就随时叫我们来吧。

之后，我们就离开了野口先生家。但是，似乎只有我对野口先生的话深信不疑，照单全收。

奈央子居然流产了，真可怜啊。不过，有野口先生照顾她，应该没事的，不管什么时候，野口先生都会好好守护她的吧。野口先生真的很爱奈央子啊，一眼就能看出来呢。

虽然奈央子很可怜，但我也有点羡慕她呢。

我一边和安藤一起在公寓里吃着晚餐，一边向他开口说起这些话的时候，安藤突然说了这样一句话：

"他应该是很爱她的吧。"

安藤是个有什么说什么的性子，很少这样含糊不清地说话，就仿佛他知道些什么，但还在犹豫，不知道该不该说出来。在我的追问之下，他终于告诉了我，但还特意强调了这只是他在公司听一些人传的闲话。

——听说奈央子有外遇。

奈央子在和野口先生结婚以前，也在同一家公司里做过前台，所以谣言在公司里传得非常快。

听说，有人曾经看见她和一个年轻男人手挽着手走在街上。那个男人长得很英俊，奈央子本身也是个大美女，虽然他们也许没有想引起别人的注意，但那偶像剧似的场景很难不引人注目。好像还有人见过他们俩一起走进酒店。

流言就只有这些内容了，但安藤又继续说道：

"或许奈央子不是因为流产才被关起来的，而是因为野口先生听到了这些流言？如果流言是真的，流产也是真的，那孩子到底是谁的呢？奈央子真的是意外摔倒的吗？我知道杉下你很尊敬野口先生，但那个人没有你想的那么好。"

在那一瞬间，我脑海里不自觉浮现出了，野口先生一脚踹向奈央子肚子的场景。

奈央子，不会有事吧……

说着，我们两个人同时望向了破旧的公寓门上的那道门链。

虽然担心，但那阵子我的工作也开始忙了起来，我在清洁公司打工，年底了很多人要请我们去大扫除。慢慢地，也就没时间想奈央子的事了。

而且，那天之后，野口先生也没有开口邀请我们去做客。安藤工作还是很忙，我们几乎没怎么联络。直到正月里我回了老家以后才想起来奈央子。

契机是高中的同学会。

在东京上大学的成濑，那时正在和周围的同学聊打工时发生的事情。在老家的岛上，那一年只有我和成濑两个人去了东京，其余的同学就算离开了老家，也大多数去了关西。不过，直到那天在同学会上再次见到他，我都没有他的电话号码，也几乎没和他说过话。那天我们的座位正好离得很近，所以我不小心听到了他和其他人的对话。

听到他正在打工的那家店的店名时，我心里惊了一下——"夏绿蒂·广田"，这家法国餐厅，不就是奈央子还单身时，野口先生邀请她去过好几次的那家吗？我还记得，有一次和奈央子一起看杂志时，杂志上介绍说这家店特别适合重要的日子来。那时奈央子特意向我炫耀了这件事，还说什么"希美你有机会也带着男朋友去试试吧"之类的话。我当时有点生气，所以对这件事记得很清楚。

我向成濑打听了许多关于那家店和他工作的事情，比如"打工的人可以吃到店里的菜品吗？""有员工餐吗？""听说那边人均消费最低也要3万日元，真的有那么好吃吗？"等等。女大学生对这些事总是有些好奇心，我还想着，如果他说这家店虽然贵但味道一般，并不划算的话，那我就可以在学校的同学面前假装已经去过了似的点评一二。

乡下人总有些这种无聊的坏习惯。

但是，成濑对这家店赞不绝口。他说，以前他也觉得吃一顿饭花好几万日元真是太傻了，但他们店里的饭菜确实值这个价钱。听到这话，我想起来成濑家几年前也是开饭店的。他们家经营的是一家老店，人气最旺的时候，全岛人家里只要办宴席都会选择他们家。在这样的家庭长大的成濑，在食物方面想必很有品位，他说的话应该值得相信。

我想，既然都是打工，比起在清洁公司工作，还是去这种知名的大餐厅更好。于是我又仔细问了成濑工作的内容。

就是那个时候，成濑告诉我，"夏绿蒂·广田"每天限定可以送一次外卖，店里主要负责送外卖的就是他。他还说，曾经有一位夫人腿受了伤不方便出门，她先生就给她点了店里的外卖，夫人高兴极了。听到这话我脑海里突然浮现了一个想法。

给奈央子点这家的外卖如何？

我心里记挂着之前的流言，也觉得单独和野口先生相处有点尴尬，打算还是叫上安藤，这样比较好。我们几个人要是能像当初在石垣岛上第一次见面时那样，一起吃顿轻松高兴的饭，也许奈央子的情绪也会好转。

刚出正月 ①，1 月 8 日那天正好是周六，我给野口先生的手机号码打了个电话，问候他新年快乐，顺便把外卖的事情对他说了。野口先生听了以后说："这我还是第一次听说呢，就这么办吧。"然后他便把电话交给了奈央子。奈央子对我说："谢谢你，我很期待呢。"不知道她的情况是否有好转，感觉她的声音听起来比以前要开朗一些了。

---

① 译者注：日语中虽然将新年的第一个月都定义为"正月"，但一般多用于指代新年的第一周或前两周，在门上装饰"门松"，进行各项新年活动的时期。此处的"正月"依照关东地区习俗，指 1 月 1 日至 1 月 7 日。

野口先生似乎有自己想点的菜，所以告诉我让他来预约就好，日期定了他会再通知我。野口先生让我不要告诉安藤这件事，说自己会直接在公司告诉他。

他之所以强调这一点，也是为了将棋。

野口先生之前和安藤的那盘棋还没有下完，残局还保留着，但安藤已经快要赢了。野口先生想让我早点去他家，跟他商量一下有没有翻盘的对策。虽然之前我们也经常这样做，但这次我是有点儿不高兴的，心想：他怎么这种时候了还想着下棋的事？

我不帮安藤，却在私下帮野口先生，这点很奇怪吗？

是因为我一开始就说我和安藤是朋友，所以才显得奇怪吗？其实我们更像是竞争对手。即使是加上野口先生，三个人一起玩将棋，但只要是和安藤的对局，我都绝对不想输给他。安藤工作了之后就变得很忙碌，我很少有机会直接和他对局，所以我挺乐于给野口先生做参谋的。

但是，安藤并不知道我在私下帮助野口先生。

几天后，野口先生通知我，他定好了7点的餐，他让我5点半先去他家，安藤7点前也会到。

没想到，后来竟会出那样的事情。

也许是我不应该多管闲事吧。

1月20日，周四，5点25分，我按照约好的时间，提前五分钟到了野口家所在的公寓。在接待处登记之后，我就坐着电梯上楼，按响了门边的门铃。是奈央子来给我开的门，野口先生站在她旁边。大门外侧的那个门链还在那里，但奈央子的神情看起来比之前开朗了不少，我也松了一口气。

"能在家里吃到'夏绿蒂·广田'的晚餐，真是太棒了！希美，谢谢你呀。谢谢你，老公……"

奈央子微笑着说，一边牵起了野口先生的手。看着他们俩甜蜜的样子，我都感觉自己这个电灯泡是不是直接回去比较好。不过，大家难得能聚在一起吃饭，我还是厚着脸皮进门了。

说起外卖，一般想到的也就是外卖的寿司呀、比萨之类的吧，我虽然听成濑说得天花乱坠的，到底也没有真的见识过。点好的套餐会由餐厅的人分别将每道菜装在保温箱里带过来，并在厨房一道道重新装盘后再端上来。店里的人会带着餐具上门，客人吃完后他们也会负责收拾。

需要自己准备的也就是整理装饰一下桌面而已。

我进门之前，奈央子似乎正在做这项工作，大餐桌上摆着折叠好的桌布、餐巾，甚至还有银质的烛台和细长的蜡烛。尽管我算是客人，但本来最早提起这次聚餐的人是我，我的本意是希望能借这次机会让奈央子好好地吃上一顿高兴的饭，振作起来，又怎么好意思让她一个人做这些准备工作呢。所以我就对奈央子说，让她去坐着好好休息，告诉我怎么做，我来准备就好。

可是，奈央子却说，难得有机会给我们露一手，让我们看看她在烹饪课程上学到的东西，于是拒绝了我的提议。餐桌的桌角边还放着同样是银质的花瓶，奈央子说她已经定了花，不过还没有送到。野口先生也说，这些事就让奈央子来准备，趁安藤到来之前，我们无论如何也得研究一下棋局的应对策略。

于是，我就跟着野口先生去了他的书房。

房间中央摆着一张桌子，上面放着将棋盘，棋子已经摆好了。残局的摆放方式跟我们上次拜访完野口家之后，我和安藤在公寓中对局时那次一模一样。由于那次我难得输给了安藤，所以我记得格外清楚。

不过，我和野口先生之后也没有想出什么好的策略。我想，也许确实没有什么办法了，看着野口先生期待的样子，我犯了难，不知道该说些什么，只能随便问点平时就在意的问题来拖延一会时间。

我一直很想知道，为什么野口先生会如此在意和安藤——这个职场上的后辈之间的棋局的输赢呢？明明他和我下棋时，总是输得相当干脆，还总是笑着说，果然你还是当我的智囊比较好之类的话。

偶尔也让安藤赢上一次怎么样？

我问了这样的问题。野口先生的回答也很简单：

"可不能输给部下啊。要是因此让他误以为自己在工作上也比我优秀，那就麻烦了。"

简单来说，就是身为上司的面子问题。我想，要是这么在乎面子，他就该更努力一点才对吧？我之所以常常能赢安藤，是因为安藤下将棋的技巧都是我教给他的，所以我多少能够预测他下棋的路数。可是，安藤却丝毫不知道我在暗中帮助野口先生，也许他还会真心地认为自己技不如人、比不过野口先生，真是令人受不了。而且，安藤刚进公司的时候，还曾经很高兴地对我说过，觉得野口先生真的很厉害。

今天就让野口先生输一次吧？我带着点恶作剧的心态想着。虽然我也不是完全想不到应对策略，但还是对野口先生说，都到这个地步了恐怕是回天乏术了吧。我想让野口先生也头疼一下。

但是，我不应该那么做的。

如果我没有这么做的话，也许就能更快一点找到应对的策略，然后我就会早点去客厅里。

把飞车下到这里怎么样？野口先生一边移动棋子，一边随口说些不太靠谱的方案来跟我讨论。到了 6 点 50 分左右，他的手机响了。我以为是外卖送到了，想着已经到这个点了吗，还拿出了手机看时间，所以记得特别清楚。

电话是安藤打来的，我听见他说他从公司过来，没想到这么早就到了。野口先生听了明显有些焦急，说"怎么这么快就来了"。我看要是再让野口先生着急下去的话，难得的聚餐气氛都要被破坏了。所以我故意了喊一声"对了"，还夸张地拍了一下手，赶紧走起棋来。

看到我装出来的样子，野口先生放下了心，指挥安藤说："有些工作上的事想和你聊，你直接先去会客室吧。"又过了 10 分钟左右，我对野口先生说，差不多了，还差一点就能想出来了。野口先生就说他先去会客室拖住安藤，让我想好战术之后记下来，接着就离开了书房。

开门的一瞬间，我听见门口传来奈央子的声音，还有一个男人的声音。我以为是送花的人来了，并没有特别在意。

那之后我也说不好是过了 15 分钟还是 20 分钟，我终于想好了战术。野口先生让我把战术记下来，可是我却没有看到能记笔记的东西。我想，擅自打开人家的抽屉也不好，便决定去找奈央子借用，就出了房间。

后来……我听到客厅里有男人的声音大叫道："奈央子！"那不是野口先生的声音，紧接着，我听到了有人痛苦的呻吟声。我连忙赶去，想看看怎么了，结果看到了一个男人的背影。

我不知道发生了什么事，一时间说不出话来，呆呆地愣在原地。男人回头了，我浑身发抖，一看到他的脸就几乎叫出了声。

那个男人是西崎真人，他就住在我的隔壁。

西崎住进"野蔷薇庄"公寓的时间比我更早，是隔壁一号房的住户。搬家那天打过招呼之后，我和他之间没有多少交集，住在那栋公寓里的人之间本来就互相不太熟。

直到三年前的秋天，台风 21 号来的那次之后，我们之间的关系才有所进展，偶尔还会在一起吃火锅，分享乡下寄来的蔬菜和水果什么的。"野蔷薇庄"已经有 72 年的历史了，是栋十足的老房子，从某种意义上来说，都可以算是文化遗产了。不过，房子虽然老旧，但也不会漏雨、漏风什么的，住起来还算舒适。我没想到，那次竟然会淹水。

我住在一楼，室内的水足足淹到了榻榻米上5厘米高的地方。后来我问了保险公司的调查员，他说房子外的积水达到了75厘米。那段时间电视上老报道这些新闻，您应该也听说过吧。台风是下午7点左右登陆关东的，刚开始我还没觉得有多严重，直到房子里开始淹水我才意识到大事不好。可是那时天已经全黑，外面的泥水都淹到膝盖了，真是想逃跑都不知道该往哪儿跑。

　　我想，总之得先去高一点的地方。于是便出了门，从外面的楼梯上到了二楼，正好碰见隔壁的西崎也从家里出来，站在二楼的走廊上。我们俩的脸上都被吹进走廊里的暴雨击打着，简单交谈了几句。正说着些什么"这下可麻烦了呀""水好像还会往上涨呢""说起来避难所在哪啊"之类的寒暄时，二楼一号房的住户开了门，对我们说："要不要进来避避雨？"

　　这个人就是安藤。

　　我和西崎决定接受他的好意，为了不多给他添麻烦，我回了一趟地板已经开始积水的房间里，从冰箱里拿了几个提前做好、装在保鲜盒里的小菜，西崎也拿了点啤酒、便宜的起泡酒和纸盒红酒。我们拿着这些东西去了安藤家。

　　安藤一边说着不用这么客气，一边也把自己老家寄来的鱼干烤热了给我们下酒。外面下着暴风雨，屋内开启了一场小小的酒宴。在这种环境里，我们情绪莫名高涨，好像彼此之间的关系一下子就变得亲密了。

我们一边互相自我介绍，一边聊着学校、打工、兴趣爱好的话题。一开始只有我和安藤聊得起劲，我们俩争论着谁的老家更穷乡僻壤，西崎只是在一旁沉默地微笑着，听得很认真。

直到夜深了，他才打开了话匣子，也许是因为有点喝多了，也许是我们为了听台风信息而一直开着的电视里正好开始放起了老电影。那部电影是《细雪》。安藤准备换台时，西崎很吃惊地问道："你们不爱看这个吗？"

文学作家当中，西崎最喜欢的就是谷崎润一郎。我问他，谷崎的作品里他最喜欢的是《细雪》吗？不过，我和安藤都只在高中课本上了解过几个谷崎作品的名字，要说看过的小说，那是一部也没有。

我们俩并不是不喜欢看书，不过我喜欢推理小说，安藤喜欢看历史小说，尤其喜欢看讲战国时代的小说。我又问安藤喜不喜欢将棋，他说倒是挺有兴趣的，但一次也没下过。就这样，我开始教他下将棋。

哦对，还是说回西崎吧。那天，我们还是接着看起了《细雪》，没想到真的还挺好看的，我完全看入迷了。西崎劝我一定要看一下原著，并向我讲解起了纯文学作品的有趣之处。他充满热情地说，自己也想成为一个作家。我记得他大概是这样说的：

"人生的意义就在于从无到有的创造。我拥有很多，可那些根本不是我想要的。很多人觉得我很幸运，可这难道不是世上最不幸的事吗？一个从来没有渴望凭借自己的能力创造什么的人，怎么能写得出文学作品呢？就像从不知道冬寒暑热的人，不可能描写好四季的景色，一个没有体会过求而不得的焦虑感的人，怎么能把嫉妒、憎恶这些感情描述出来呢？所以我要先把自己放置在什么都没有的环境中，然后去追求自己渴望的东西。"

"简单地说，这就是一个为了写小说而特意来体验穷人生活的有钱人。"

听到这话，我想，那本来就只能住在这种地方的人，又该如何呢？尽管如此，我并不觉得西崎看不起我和安藤。有的人明明在经济优越的家庭中长大，却故意要装穷。西崎身上没有这样令人厌恶的气质。

比起西崎的私生活，我更好奇，他究竟为什么对文学有如此强的执念？他大学已经延毕两年了，但他读的是法学部又不是文学部,他不可能是为了顺利毕业才坚持写小说的。

那天我没有继续追问这个问题。后来我们又一起吃过几次饭,但西崎说他不喜欢吃加热过的东西,他都是一边吃着蔬菜沙拉,一边喝点酒。有一次,我问他家里是做什么的,为什么可以不用找工作,选择当作家。他把自己写的一部作品递给我,说一切的答案都在这里面,如果看了还不明白的话,那说了理由,我也不会懂的。

为了解开西崎身上的谜团,抱着读推理小说一般的心态,我开始读起了这部小说,却完全不明白书里在说些什么。那部作品主要讲的是,为了让自己饲养的小鸟自愿成为烧鸟,连续好几天都不给它饲料,然后把饲料放进加热后的烤箱里,引诱小鸟进去。比起文学作品,这倒更像恐怖小说,不,应该说是有着一种黑色幽默的气息。安藤看了以后也说看不懂。

应该不是因为我们没有鉴赏能力。西崎把他的好几篇小说都向文学奖项投稿了,还都是些选中了以后可能会成为芥川奖得主候选的著名奖项,但每次都在初审阶段就被淘汰了。西崎对此的评价是:"仔细想想,那些审查员也都是不需要渴望就拥有了很多东西,对此习以为常的人。"按照这个逻辑的话,那我和安藤应该能理解他的小说……是因为西崎所构思的故事对常人来说实在太过难以理解，还是说，里面根本没有什么了不起的立意呢？我不明白，但也没有非要弄明白不可。

我经常觉得，西崎长得真的很好看，但我从来没有对他产生过喜欢的感觉，也不会希望他喜欢我。如果要说我们是朋友的话，我想我对他的了解也太少了，所以，还是"邻居"这个词更适合形容我们之间的关系。

为什么西崎会出现在野口家？

为什么野口先生和奈央子会躺在地上？野口先生趴在地上，头部在流血。奈央子仰面倒在地上，侧腹部出血。为什么西崎的手上会拿着染血的烛台？

西崎一脸麻木地看向我，似乎并不惊讶。他好像知道我会在野口先生家里。

我和西崎都一动不动，一句话也不说，只是待在原地互相对视。

这时，安装在客厅入口处附近墙上的电话门禁响了。响的是电话，说明来人此时不在门口，而是从前台打来的电话。

是谁？我心中一半觉得，不管是谁，赶紧来个人吧，一半又意识到，此时来人恐怕是件麻烦事，十分复杂。

N · 成濑慎司

我叫成濑慎司，今年 22 岁，是 T 大经济学部国际经济学的大四学生。

住址是东京都 × × 市 × × 四丁目 7-25，"立花公寓"的五号房。籍贯是爱媛县 × × 郡青景村 58-3 号。这些不会上新闻吧？我老家那边要是知道了，可是会引起轩然大波的，毕竟那只是一座很小的岛。

我是在刚来东京的那个夏天，开始在法国餐厅"夏绿蒂·广田"打工的。我一般一周会去个四五次，最开始时薪只有 900 日元，现在熟练了能独当一面后，时薪涨到了 1500 日元。一开始我主要负责点菜传菜这些事，从去年开始主要负责外卖服务。老板广田先生对我很好，其他的正式员工和打工的伙伴人也都很好，还有员工餐吃，我对这份工作是很满意的。

我完全不认识野口夫妇。

他们好像来过店里几次，也许我见过他们，但我确实不记得了。送外卖的那天是我第一次见到他们。这项服务几乎没有公开宣传过，一天只卖一份，所以基本上都是熟客。

所以看到不认识的人下了单，我心里还觉得很稀奇呢。不过，一看到地址是那么高级的公寓，我就想，应该是哪位熟客介绍给了自己的朋友吧。

所以我也很惊讶，杉下竟然也在野口先生家。

向她介绍这项服务的人就是我，不过我们的关系并不是很亲密，只是高三的时候在一个班而已。上学时，有时位置正好坐得近，也聊过几句话，仅此而已。我知道她也来了东京，但一次也没有联系过她。

我再次碰见她，是在去年年尾的高中同学会上。

跟还留在老家的同学讲述自己的生活，总是让人既觉得骄傲又觉得有点儿不好意思。恐怕不光是我这么觉得，我们乡下人都是这样。尤其是很多同学已经工作了，而我还是个学生，这点也让人不太好意思，所以当有人问起我的近况时，我讲的全是打工时的事情。

那次的同学会只是按三年级时的分班安排了座位，没有具体安排每个人坐哪里，杉下刚好也坐在附近，她还插了一句话，说她也听说过这家店，在杂志上有看到过。不知不觉，就变成了我们两个人单独聊天了。

因为东京的店铺这个话题，对老家的同学们来说太过无聊了吧。

"我也想去试试，不过听说最便宜一个人也要三万日元左右，真的好吃吗？""很好吃呀，真好，这里打工的人能吃到店里的菜吗？有员工餐吗？""对了，成濑你家里也是开餐馆的，莫非你是负责做菜？"

我记得她是问了这些问题。我不负责做菜，主要是做服务员。我一边回答，一边把工作上的事情说给她听。

我家里直到四年前都是开餐馆的，虽说谈不上什么历史悠久的老字号，但好歹也是从明治时期就开始经营了。在店铺最兴旺的时候，整个岛上的婚礼、丧仪、祭祀等一切活动全都是由我们家来负责的。从我记事的时候开始，我家餐馆的生意就已经日落西山了，但即便落魄，每周末也都会承办一些宴席，所以我从小就对餐馆的工作耳濡目染，很快就适应了打工的工作。

我还曾经自作主张地对店里的装盘方式多过几句嘴。

可能是因为这些缘故吧，老板决定将原本只是朋友间私下提供的外卖服务，推广到对外营业，也提早跟我打了招呼，让我来负责。这项服务可不是直接把做好的菜品送过去就行，而是要重新装盘上菜，搭配好合适的红酒，这自然不是谁都干得来的。当然，老板给我恶补了红酒的相关知识，加上我高中毕业就考取了驾照，理所当然地，这项业务一启动，我就开始主要负责这边的事务了。

一开始是很辛苦的，有时是找不到停车场，有时是没有电梯不得不把推车搬上楼梯，还要在完全不熟悉的厨房工作，操心的事情实在是太多了，那段时间我身心都是紧绷的状态。好在业务越来越顺手，跟客人也熟悉起来以后，经常能收到小费，到了年中和年尾，客人还会分一些他们收到的火腿之类的东西，我还挺喜欢这项工作的。

我们店一直很受女性欢迎，看杉下这么感兴趣地问个没完，我就顺便向她也推荐了一下外卖服务，还从钱包里拿出一张店里的名片递给了她。

杉下把名片收进了钱包里，一边说着她家那样的破旧公寓怎么适合点这种高级的服务呢。我虽然不知道她住在哪里，但听她之前说起，她都很久没喝到过真正的啤酒了，我想，大概的确不太可能收到来自她的订单吧。

来预约的是野口先生。

接听预约电话的人是我，野口先生说他们之前来店里的时候点的一道主菜，他太太很喜欢吃，希望能把那道菜加进套餐里。我不太清楚具体是什么菜，所以就把电话交给老板了。

野口先生点了四人份的餐品，如果人数再多一点的话，就需要两名员工去提供服务。既然他们只有四个人，那派一个人去就行了。老板说，这家人是店里的常客，一个人去也不会有什么麻烦的。我也这么认为。

他们预定的日期是1月20日，那天去服务他们的人是我。

当天，比预定时间提前十分钟，在6点50分，我到了前台，请负责接待的人帮我通知野口先生。电话打过去，等了一会，却没有任何人接听。我想，明明约好了时间却不在家吗？真奇怪啊。接待的人放下话筒，说为免打扰，他稍后再试着帮我联系一次。可我很担心菜品会放凉了，于是将预约记录给他看，证明野口家的确在这个时间段定了外卖。于是他又打了一次电话，这次电话响了很久，久到令人心烦的程度，终于有人接听了。

我一边听着电话里的滴滴声，一边伸长了身子靠向柜台，所以能听见电话那边的声音。一个男人问道："是谁。"前台的人说："是'夏绿蒂·广田'家的外送服务到了。"过了一会电话对面才说道："取消掉。"

我倒不是第一次遇到客人要取消订单，有好几次，客人当天突然身体不舒服，或者突然有急事便提出要取消订单。

甚至还有人是因为失恋了呢。但这还是第一次，有人这样毫无理由地要取消。外卖服务的规则是，如果当天才要取消的话，必须全额支付餐费。以前也有过好几次客人临时需要取消，这种情况下我只要把菜品放下就可以回去了。但是这也要先问过客人的意见，再说也得让他把钱付了，所以我心里虽然觉得很烦，但还是拜托前台的人又打了一次电话。

这次很快就有人接听了。

前台的人说，对面想让我听电话，我一头雾水地拿起了话筒。

"是成濑吗！救命！"

听到女人的声音突然喊了我的名字，我吓了一跳。我不知道那是谁的声音，但被点了名之后我下意识地就冲了出去，连推车都忘在了前台。我冲进电梯，赶到订单上的房间，怎么按门铃也没有反应，于是我把手伸到了门上，门没有锁……

门链？说起来好像是有这个东西，我丝毫没有在意。门链怎么了？确认一下？我不是说了吗，门没有锁。

我一边说着"我是'夏绿蒂·广田'的人"，一边推开了门，从门边的房间里……

杉下走了出来。

她一脸惨白，摇摇晃晃地走了过来，只喃喃自语般地说了一句话："报警……"我当时应该立刻报警的，但是突然看到杉下出现，我实在是太惊讶了，完全不知道发生了什么，只顾着问杉下到底发生了什么。

我真的没想到，野口夫妇已经死在房间里了，而且杀害他们的人也在里面。

N·西崎真人

我叫西崎真人，24岁。职业是作家，但还没有正式出道。自封的身份就不必提了？真是不客气啊。好吧，我是M大学法学部法律系的大四学生，虽然已经延毕两年了。

住址是东京都××区××214"野蔷薇庄"101号房。籍贯……这个跟案件没有关系吧，也需要说吗？好吧，神奈川县××市××7245-3号。不过，我早就跟家里人断绝关系了，你就是去那边打探我的事，他们估计也会说不认识我这个人吧。

嗯，从哪开始说起呢？奈央子吗？

她是我的女神——才不是这么一回事。

我第一次见到奈央子，是在半年前。那是一个夏日的黄昏，天下着雨，我从书店回来，看见一个不认识的女人抱着膝盖坐在杉下家门口。那就是奈央子。

正好对上了视线，我就向她点了点头，然后就进了房间。过了一会，我准备去关窗帘，无意中往窗外看了一眼，她居然还在外面。我有点在意，就出门看了看。

她可能有点警惕，怀疑我想干什么，于是抢先开口说："我是来找希美的，不知道她什么时候回来呀？"

希美？哦，是杉下啊。

我跟杉下虽然有点交情，但也没有亲密到了解她日程的地步。她好像是在清洁公司打工，我听她说过，如果轮到上夜班的话一般要天亮了才会回来。所以我对奈央子说，杉下今晚也许不一定会回来。

她问我有没有什么办法可以联系上杉下，但我也不知道杉下的手机号。奈央子说她出门太着急忘记带手机了，她也没办法联系到杉下。

奈央子说她要在这里再等一会……天都黑了，雨又越下越大，直往走廊里灌。她没有带伞，身上已经淋湿了不少，应该很冷吧。看着她这样，我突然感觉有点放心不下，就对她说："要不要进来我家里等她？"我可没有一点其他心思，至少那个时候是这样。

奈央子还是有些戒备，我就说，那我先把门开着。她才说，那就打扰了，于是进了我家。我给她递了一块浴巾，还冲了热咖啡。她慢慢平静了下来。

奈央子问我："你和希美关系很好吗？"我想，她孤身处在一个陌生男人的房间里，想必很紧张吧。为了让她放松一点，我主动说起了杉下的事。

去年那次台风之后，我和杉下还有住在楼上的安藤熟悉了起来，大家偶尔还会一起喝酒。

"哎呀，你也认识安藤吗？"奈央子说道，她也认识安藤。慢慢地，她的戒备心逐渐消解了，开始打量起了我这间小小的房子。她发现了好几件明显不属于我的东西，那是杉下的私人物品，比如海豚图案的马克杯，印着草莓花纹的筷子等，都是杉下来吃饭时准备的。

"莫非你们是情侣关系吗？"

奈央子这样问道。你可能也这么怀疑吧。不过，我从这句话中分辨出，奈央子和杉下的关系并没有多么亲密。杉下有一个深爱的人，我想，她的世界里可能只容得下那一个人吧。那家伙和我是完全不同的两种人。

杉下对那个人的单相思简直到了痴迷的程度，有时我都担心，杉下会被这种疯狂的感情拖入深渊。我想帮帮她，就给她看了我的作品。

与我所期待的完全相反，她一点也不理解我的小说。这世间真是讽刺啊，越是完全没有文学细胞的人，却越是过着具备文学色彩的生活。

不过嘛，反正我也不理解她喜欢的将棋到底哪里有趣。我们的兴趣爱好完全不一样，也没有那种勉强自己来讨好对方的欲望，反而十分合拍，相处起来挺舒服的。

我没有回答我们是不是恋人这个问题，反而问奈央子，那你和杉下又是什么关系呢？她听了这话，带着莫名的微笑这样说道：

"我知道，希美她想要的东西是什么。我也知道，那不过是十分无聊的俗物罢了。即便如此，我却很羡慕希美呢。我羡慕她，能够拥有想要追逐的东西。不过，我不想要成为希美。——就是这样的关系。"

她和我想的一模一样。

我很羡慕那家伙。

也许眼前这个人，可以理解我的作品。不知道为什么，我脑海中浮现出这样的想法，明明只是第一次见面，我却把自己最得意的作品拿给她看了。她看了以后哭了出来。

"你从牢笼中逃脱出来了呢。和我一样。"

奈央子说，她也是从那个想用暴力将她囚禁在身边的丈夫那里逃出来的。她一挽起衬衫的袖口，我就知道她没有说谎。那白皙到近乎透明的肌肤上，浮现出一道道青紫的伤痕。那些伤痕仿佛是努力压抑、又忍不住溢出的悲鸣一般，我无法克制自己不去倾听那一道道痛苦的叫喊声。

说得再清楚一点？你是问我，到底有没有和奈央子发生关系？真是低俗啊，就是你们总是要用世俗的语言形容崇高的行为，现在能够理解文学的人才会越来越少啊。

做了。我——和——奈——央——子——做——了——行了吧？满意了吧？

到了末班电车的时间，杉下也还是没有回来。我对奈央子说，只要你喜欢，在我家待多久都可以，奈央子却说"我要回去"。我挽留她，问她要不要至少在这里等到杉下回来？她却说："今天见到了你，已经足够了。"

她还说，今天我们见过面的事请对希美保密。

明明是来找杉下的，这是为什么？但奈央子说："希美想讨好我丈夫，让我丈夫帮她介绍工作，她说不定会背叛我。"这样说我就能够理解了。

那个时候，杉下正十分积极地在找工作，她说过，她绝对不要再回乡下。我想，如果到了那个地步，说不定她真的会出卖奈央子。啊，这些话你们请别告诉杉下。

杉下找的是什么工作？我听说是一个很大的公司，这个跟案件没有什么关系吧？

此后我和奈央子见面，都是选在离公寓有一定距离的地方。

但是，我们能够见面的日子，一个月最多也就两天，我们总共见面的次数两只手都数得过来。11月以后，奈央子的手机突然打不通了，我猜是不是她的家暴老公发现我们的事了。

什么事都没有的时候，她尚且要被家暴，如果被她老公知道她有外遇，会发生什么？我一想到这点，晚上都睡不着觉。我也想过要不要跟杉下商量一下这件事，但我有点怀疑会是杉下把我们的关系告发出去了，所以打消了这个念头。

尽管如此，我也没有想到什么别的办法，每天晚上都从噩梦中惊醒，梦里全是奈央子被那个男人拳打脚踢的样子。

新年之后，好像是第10天吧，我接到了奈央子的电话。电话是从公共电话亭打来的，奈央子说，她被关起来了，电话也被销号了，房门外面还被装了锁。她是趁和丈夫一起出门吃饭时，偷偷找机会溜出来的。

她说："救救我。"那些紫青伤痕又浮现在我眼前。我问，该怎么做？

她说，下周四希美他们会来家里做客，她老公会和希美在书房里单独待一会，让我趁那个时候去。她还说她突然想到，她可以假装这通电话是打去"La fleur①·真纪子"花店的，就说她定了红玫瑰，晚上7点钟送到，让我假扮成送花的人登门。

事情发生的那天，我按照奈央子吩咐的去那家花店买了红玫瑰。考虑到有可能是她老公来开门，为了不引人怀疑，我还提前观察了一下那家店员工穿什么衣服。我提前准备好了相似的工作服：白色上衣，黑色裤子，外面套一件黑色的围裙，好在都很常见，我没费多少工夫就买齐了。

6点半不到，我抵达了奈央子的公寓。花店里买花的人居然有这么多，我本来就够烦的了，一想到奈央子就被关在这种像鸟笼子一样的公寓楼里，我的怒气更是控制不住。在前台登记好，坐着电梯到她家门口，我看到门上有一道门链。

她老公简直疯了。我一定要把她带走，不然她一定会被杀死的。

_____

① 译者注：法语，意为"花"。

按下门铃，我用祈祷般的心情等待着。开门的人是奈央子。奈央子，奈央子，我的奈央子……

我没有任何犹豫，拉起了她的手。

可是她却不愿意出门。她死死地盯着门外，浑身发抖，只是小声念叨着"会被杀掉的"，一步也不敢动。

"别怕，有我在。"我一边说着一边想把她带走，她却拼命摇头，还把我拉进了家里，关上了门，蹲在地上。这时，她老公出来了。

"你在干什么！"他愤怒地大喝一声，向我冲过来。就算来的真是花店员工，这个男人恐怕也会动手打人。他完全不听我说话，把我按在门上，拳头一次又一次地挥向我。

反抗？我虽然有试图反抗，但是他第一拳就打中了我的太阳穴，导致我意识不太清醒，只能单方面挨打。我都怀疑，我是不是要被他打死了。那个时候，奈央子大喊道："别打了！"那家伙才停下来，不过……

他的怒火转向了奈央子。

她逃向了旁边一间开着门的房间，男人也追了过去。我也想赶紧追过去，但头实在晕晕乎乎的，腿也发软，站不起来。

接着……

"你敢背叛我？！"那家伙怒吼的声音从房间里传来，接着是奈央子虚弱的声音："求你不要……"我用尽力气挣扎着站起来，走进房间里，看见奈央子倒在厨房的水池前，侧腹部全是血，像是被菜刀之类的利器捅伤了。

那个男人好像没有察觉到我进来了，背对着我，居高临下地盯着奈央子。桌子上的东西全被打乱了，也许一开始是奈央子先拿的刀也说不定，但我根本不在乎。

不由自主地，我拿起了掉在地上的烛台，慢慢地靠近男人，从背后狠狠地砸向了他的头。

——是我杀了野口。

我恍恍惚惚地看着那家伙倒在地上，只发出了一声很低的呻吟，就一动不动了。我到底干了些什么，我的脑子还没有反应过来。讽刺的是，把刀捅进奈央子身体，那个男人的反应或许正和我现在一样。

我一点脚步声也没听见，直到感觉背后有人，回头一看……

站在那里的是杉下。

我不知道她是刚来，还是早就来了，也不知道她看到了多少，从哪开始看的。该怎么办？是向她解释，还是直接逃跑？我满脑子都是这些事，她也一句话都没说，只是愣愣地看着我。

如果我直接逃跑，杉下会包庇我吗？

杀了杉下再逃跑，这个念头完全没有出现在我脑子里。我本来也不是想来杀人的。

这时，电话铃响了。没有人接听的电话一直发出空响声，直到断掉。但很快，电话又重新响了起来，而且这次响得更久。

就算现在逃跑，打这个电话的人也正在楼下，我可能会被怀疑的。

出于这个想法，我拿起了话筒，是餐厅配送外卖的员工到了。我想赶紧把他打发走，就说让他取消。

但是，事情并没有顺利解决。

做这些事时，杉下一直沉默地看着我，她好像不敢相信眼前发生的事情，说不出话来。我想，要赶紧带着杉下离开这里再说。

结果，门铃电话又响了，我打定主意不接听了，谁知道杉下却突然抢过话筒，说让餐厅员工接电话，接着喊了一个名字，对他大叫了一声救命……我知道，全都完了。

我已经逃不掉了，我知道，就算逃跑也是没用的，但我不在乎。我终于明白了，没有奈央子的世界没有任何意义。没过一会，门铃传来了叮咚叮咚的声音。我浑身僵硬地看见门被打开了，那个人说了一句："我是'夏绿蒂·广田'的人。"

与此同时，杉下猛地冲了出去，我想她一定会立刻报警。没想到，她领着一个厨师打扮的人又回来了。那个人叫成濑，杉下说是她的同学。同学又怎么了？我不明白，但可能是看到熟人让她觉得安心不少，平时那个杉下又回来了。

她甚至向成濑介绍起了我，说这是住在隔壁的邻居西崎。

成濑的年纪应该比我还小，但目睹了这样的惨剧，他看起来很冷静。杉下问我："发生了什么事？"我也想知道，杉下到底看见了什么。

她说："我也不知道，我一直在里面那间隔音的房间里，是想要找奈央子借纸笔才出来的。一开门就听见客厅里好像有人在呻吟，过来一看，就看见西崎你，还有这幅景象。"

她什么也没看见吗？我一瞬间产生了想要编个谎话的冲动。

比如，野口夫妇因为争执而同归于尽了。但是，这样一来奈央子就变成犯罪的人了，就算她已经不在了，我也不想为了把自己摘干净而这样作践她。

而且，我杀了杀害奈央子的人，某种意义上这是我的复仇。我一点也不后悔这么做。我已经没有什么可以失去的东西了，既然如此，那不如带着对奈央子的思念，接受应有的惩罚吧。

　　你可能觉得我是口出狂言的"愣头青"，但是我敢说，这个真的是我发自肺腑的想法。

　　我对杉下和成濑详细地说出了事情的一切经过，杉下对我和奈央子的关系很吃惊，但好像已经知道奈央子被家暴、被关起来的事情了，而且她也想帮助奈央子，所以她对我说："这不能怪你，你也是想帮助被袭击的奈央子啊。"如果我能马上站起来，在奈央子被伤害之前就去帮她，该有多好啊。

　　我和杉下坐到了奈央子旁边，哭着对她说，对不起，没能救你。我真的很想把奈央子美丽的样子永远刻在脑海里，我想用手触摸她，记住她的肌肤那柔软的触感。我不自觉地伸出了手，就在快要碰到她时……

　　"不要碰。"成濑制止了我。他说，越晚报警，情况对我们就越不利。杉下把他叫来商量真是一个明智的决定。

　　成濑拿出手机，拨打了110报警电话。

　　但是，成濑不是最后一个到访者。

　　就算成濑没有来，算算时间，也许安藤也会和他做一样的事吧。

什么？还有要问的？

——奈央子流产过？不，我一点也不知道这件事。

很遗憾，那不是我的孩子。这一点我可以百分之百肯定。

N·安藤望

我叫安藤望，23 岁，在 M 商社营业部工作。

住址是千叶县 ×× 市 24-3-303 号，是公司的单身员工宿舍。老家在长崎县 ×× 市千早 5672-4 号，是在一个叫作千早岛的小岛上，人口还不到三千人。

杉下应该也会告诉你们，我们和野口夫妇是在去年夏天到石垣岛旅行的时候认识的。因为将棋和浮潜的契机，旅行之后他们偶尔会邀请我们去家中做客，一起吃饭什么的。

公司里有传言，说我能进入这家公司是因为野口先生给我开了后门，但这不是事实。

在认识野口先生以前，我就已经拿到公司的内定了。

野口先生虽然说过"要是早点认识我，你也不用在大热天这么费尽力气找工作了"之类的话，但是我觉得，以我的能力，在这样的人生大事上并不需要依靠别人的恩惠。

但是，我进公司能够被分进营业部这样的核心业务部门，应该还是身为科长的野口先生在背后出了力。

野口先生实力出众，又很照顾属下，我们部门的所有人都很敬重他。能得到野口先生的关照，跟他有私人交情，刚进公司的那会我觉得很有面子。这一切也都要感谢杉下。

上学的时候我住在"野蔷薇庄"，在一次台风之后，我跟杉下、西崎熟悉了起来。西崎是个很独特的人，我有点儿不知道怎么跟他相处。但是杉下和我都是乡下小岛出身，很巧的是名字也一样①，我们俩很合得来，很快成了好朋友。

杉下教我下将棋，邀请我去浮潜的也是她。

在公司时间一久，我渐渐发现，并不是人人都欣赏野口先生。我曾受过他不少关照，而且毕竟死者为大，说他的坏话可能是有点……

野口先生喜欢抢别人的功劳。

比如说，野口先生带领团队做出了成果，虽然他理应得到相应的奖赏，但是他往往会在上司面前夸大自己的功绩，好像都是他一个人的功劳一样。虽然说他会带大家去庆功宴，请大家吃很贵的烤肉之类的，也算是有些补偿吧，但在他手下工作的人，无论做了什么都不会被公司其他人注意

---

① 译者注：日语中"希美"与"望"同音。

到，当然也会觉得自己被野口先生当作工具利用了。

我刚进公司没多久，还没有在野口先生的团队里做过事，但是他手下那些跟了他很久的员工们，经常偷偷在背后抱怨他。

只要业务一直进行顺利，能收获成果，可能也不会出什么大问题。

但是，去年10月，野口先生带领的团队搞砸了一件事，给公司带来了很大的损失。那件事还上了新闻，就是那个油田开发的业务。那段时间不仅是野口先生的团队，整个部门都忙得团团转，大家压力都很大，所以怨气的矛头都指向了野口先生。

最开始是针对野口先生的中伤，慢慢地，有人在私下传播关于他太太奈央子的流言。奈央子是董事的千金，和野口先生结婚以前也在我们公司做过前台，很多人认识她。

听说，有人看见她挽着一个年轻英俊的男人的手，两人一起进了酒店。

我不知道流言是真是假，但我是压根不相信的。在我看来，奈央子深爱着野口先生，甚至我怀疑没有野口先生的守护她或许会活不下去，野口先生也很爱她。

但是，流言愈演愈烈，还有人通过匿名邮件大肆传播野口先生的坏话。要说野口先生什么都不知道，我猜应该不太可能。

到了这个地步，我反而对野口先生改观了。他精神上一定承受了很大的压力，但还是精力旺盛地认真工作，对公司里的那些非议丝毫不放在心上，对大家的态度也跟以前一样。

他还是会约我去下将棋，也还是跟往常一样，一落入下风就说要暂停棋局改天再下。不过，比起分出胜负，我觉得揣测野口先生会想出什么样的战术更有意思，每次都爽快答应了。虽然到最后，我总是因此而输掉。

野口先生下棋时，从不讨论棋局以外的事情。当我和他在棋局上认真厮杀的时候，我总会觉得，那些流言简直是无稽之谈。

后来，杉下联系上我。

杉下说，奈央子看起来不太对劲，担心她是不是生了什么重病，问我要不要一起去看望她。

在去看望奈央子时，我看到了不该看的东西。

大门外面安装了一道门链。

那道门链实在看起来太过异样，甚至让我不禁怀疑，野口先生对奈央子的好，会不会全都是装出来的？野口先生看我和杉下留意到了这道门链，对我们解释道，奈央子流产以后精神状态很差，为了防止她出门游荡出现意外，才出此下策。但我觉得，就算是这样，应该也有更好的解决办法吧。

那样做怎么看都不像是为了奈央子好。

杉下也觉得很可疑，但这种怀疑还不足以让我们去报警，不管怎么说，这也是夫妻间的家事。后来我的工作也越来越忙，我就慢慢把门链的事情抛诸脑后了。

我和野口先生在公司每天都能碰见，但我白天基本是在外面到处跑，没什么机会和他私下聊天。直到正月休假开始。

放假去哪了？我回老家了，毕竟我都出来工作一年了。

开年后的1月20日，那天是星期四，野口先生招待我们去他家吃饭。我猜他是想到了怎么破解上次我们下到一半的那个棋局，想叫我去继续下，但他嘴上说是为了给奈央子打气而举办的聚会。

他说，奈央子精神好了很多，让我一定要去见见她。

我完全没把那次聚会放在心上。后来才知道，聚会是杉下提出的，我很后悔，应该更重视这件事的。

无论如何，那天我们约好了继续下棋，野口先生让我晚上7点前到。

那天，6点过一点我就到了公寓楼下。因为有一个当天要提交的报告，虽然是调休日，我还是去公司了。结果工作做得比我预计的要快，我也没什么别的事可干，就想着早点去野口家。

　　我在前台给野口先生打了个电话，他说有些公事要和我聊，让我直接去公共会客室等他。

　　我向前台的人说明和野口先生约在会客室见面后，上电梯到了顶楼，坐在窗边的位置上，点了一杯咖啡。等了好一会儿，野口先生还没有露面。其实，我打电话的时候就有预感，他不会来得太快，他在电话里听起来也很焦虑的样子。

　　我猜，他现在肯定在冥思苦想如何破解那个棋局吧。于是，我从酒吧借了几本杂志翻看起来，打发打发时间。

　　可能是因为平时太忙了，几乎没有这样无所事事的时间，我看了一会儿就开始昏昏沉沉地打起了瞌睡。等我突然惊醒，一看表，已经快要7点半了。我慌忙从座位上站起来，想着，莫非野口先生已经来过了，看到我睡着了就好意没有叫醒我？于是，我问服务员，野口先生有没有上来过，结果发现是我想多了。

我一边向野口家走去，一边想着，他大概是研究棋局到忘记了时间。

我按响了门铃，杉下走了出来。她对我说，不要进去。我想，就算是给野口先生拖延时间，现在都过了约定的时间这么久了，还不让我进门也太过分了吧。

我本来就不在乎输赢，不如说，输掉还更好一些。我对杉下说，让她悄悄把我的应对战术告诉野口先生得了，就说是她自己想出来的。

现在想来，在那种情况下我居然说了这些废话，真是可笑啊。我话音刚落，电梯里就走出了许多穿着制服的警察和急救队员，向我们冲过来。我惊呆了。所以，我根本没有进过野口家的门。

直到听说发生了什么，我还是不敢相信，野口夫妇当时死在了那扇门里面，而且西崎竟然也在场。

前台接待人员的证词

5 点 25 分，杉下小姐登记，前往野口家。

6 点 14 分，安藤先生来登记，与野口先生在会客室见面。

6 点 25 分，"La fleur·真纪子"的员工登记，前往野口家。

6 点 50 分，"夏绿蒂·广田"的员工登记，前往野口家。

——我确认，以上记录没有错误。另外，在警察到来以前，以上这些人没有从前台出入过。

本公寓楼除了前台处的入口外，还有一道通往地下停车场的门，位于那部电梯后方的逃生梯附近，只有住户和提前申请的有关员工才有那扇门的钥匙。

公共会客室服务员的证词

照片里的这位先生是吗？他的确是在那天6点半开始，在那边临窗的座位上坐了一个小时左右。他点了一杯热咖啡，借了几本杂志，看起来很惬意，后来还睡着了，所以我印象很深。他离开之前还问我，野口先生有没有来过，我告诉他没有来过。

您看，这是那天的小票，显示他结账的时间是19点25分。

判决

主文

判处被告有期徒刑十年。

诉讼费用由被告承担。

十年后

有人说，现在的年轻人心里只有自己。

虽然我已经不算年轻了，但是每次听到这种言论，我都会在心中反驳。

医生说，我最长也只能再活半年了。我很庆幸自己没有结婚，也没有孩子。

对于自己即将从这个世界消失这件事情，我有点害怕，但并不觉得悲伤。因为这个世界上，已经没有会为我的离开而悲伤的人了。

乡下的父母和弟弟也许会有一点点为我伤心吧，但绝不会太过伤心，不会影响他们日后的人生。这个世界上或许有人在乎我，但没有一个人会觉得，我是他最重要的人。

以前，也许有过这样的人吧。

那个时候的所有人，心里都一定有一个最重要的人。

为了这个人，牺牲掉自己也无所谓。为了这个人，无论撒下怎样的弥天大谎都无所谓。为了这个人，就什么都能做到。为了这个人，可以成为杀人犯。

一切都只为了这个最重要的人考虑，费尽心思找到了让这个最重要的人不受任何伤害的办法。

真相是什么根本不重要，只要能够保护这个人就足够了。谁会在乎真相到底是什么？

即使对方根本不知道自己被人保护了。宁愿对方永不知情。

但是，当我知道我所剩的时间已经不多时，我的欲望陡然开始滋长。

距离那件事发生，已经过去十年了。

参与那件事的人，到底是为了谁，做了什么事？为什么可以做到这些事？

我想知道全部真相。我想让所有人都知道真相。

第二章

我设想的剧本有两种。

等王子带公主离开后，我去阻止国王追击他们。

或者是，由我来代替任务失败的王子，将公主带走。

我一边祈祷，事情会按第一种设想发展，一边向高塔上走去。

以这场不起眼的活动为分界点，我将彻底告别以往那随波逐流、如同平静水面的海藻一般的平凡人生。——或者说，按照我的计划，本该如此。

救出被邪恶的国王囚禁在高塔的公主，王子说这个主线任务和《长发公主》的一样，但我没有读过这个故事。

我们这个故事的登场人物有：邪恶的国王、公主、王子、王子的随从甲、王子的随从乙——也就是我。我不是什么重要角色，所以，如果成功了我当然很高兴，就算万一失败了，对我来说也没有什么风险。

我只是抱着这样的心态参加了这个计划，可是，现在我脚边有两具尸体。

那是邪恶的国王和公主。——都这种情况了，我不该再继续开玩笑了。

到底发生了什么？

"计划失败了。"

我沉默着抬起头，王子站在尸体的另一侧，无力地说道。站在我旁边的随从甲低着头小声说道："对不起。"

杉下希美。

虽然现在大事不妙，但至少，你没有必要向我道歉。相反，现在应该由我来想想，还能为你做点什么。

我加入这个计划，从一开始，就是为了你。

这应该算不上是命运般的重逢吧。

即使在我现在马上要去的穷乡僻壤里，恐怕也找不到这么单纯的家伙，会因为在准备前往那座人口不到五千人的小岛时，看见高三时喜欢的女生走进人影稀少的老旧渡轮码头，就觉得这是命运般的重逢。

轮渡一天只有两趟，上午和下午各一趟往返，我要坐的是下午的船。时间正好是年末，刚过圣诞节，很多大学生要回老家，遇见熟人并不奇怪。

话虽如此，我也不能随便上去打招呼。我没有资格主动对她说话。

她在码头入口附近的自动贩卖机里买了罐热咖啡，是加了很多牛奶的温和口味。

如果她此时回头，正好看见我，一边说着"啊，是成濑呀"，一边很自然地走向已经褪色的狭小塑料长椅，坐在我旁边，微笑地看着我的手说："你的喜好一点也没变呢"，那"命运"这个词应该会立刻出现在我脑子里。

——在我胡思乱想的时候，她已经离开，走向了刚驶入码头的轮渡。

我特意隔了一会儿再上船。

我走到船舱前，却总感觉她可能就坐在门口，于是没有进去，而是坐在了甲板的椅子上。这里虽然有风，却不至于太冷。伴随着《良日启程》[①]的旋律，轮船缓缓启动了。我从外套的口袋里掏出一罐咖啡，拉开了拉环。我们岛上的人坐轮渡时都习惯喝罐装咖啡。

她现在应该也打开了刚才买的那罐咖啡的拉环吧。

我看向手中的易拉罐。加了大量牛奶的温和风味咖啡，很适合个子小巧的她，却完全不适合人高马大的我。

"我平时更喜欢喝黑咖啡，不过，疲劳的时候总是会想喝这种呢！"

我们俩第一次一起放学回家时，也路过了一个自动贩

———————————

① 译者注：山口百惠的代表作，被誉为日本的国民级歌曲。

卖机。我很自然地按下了按钮以后，才突然意识到我喝这种咖啡是不是会显得很奇怪，急急忙忙地找了个借口。她说："这种很好喝，我每次都买这种呢。"

——我们又没有交往过，我干吗突然开始回忆过去啊。

我们只是同级生，只是同班同学，仅此而已。不，如果真的是这样的话，我就应该能够坦然地走进船舱，跟她说一声"好久不见"，或者问问她"后天的同学会你会去吗？"

那是我们高中的同学会。我们岛上只有一所高中，严格来说，这所高中其实是另外一座大岛上的一所学校的分校。从小学到高中，我的同学差不多都是同一批人，所以，其实没必要特意强调是高中的同学会。我的简历上学历那一栏列着青景岛小学、青景岛中学、青景岛分校，打工的地方有个从私立名校一路直升的同事还问过我："你们学校也是直升的模式吗？"

我确实不用参加升学考试，但我读的那所可不是什么厉害的学校。

远远地，我看到了小岛的影子，隐约像一个三角形的饭团一样。

青景岛。

对我来说，这里曾经是个又小、又令人窒息的地方。

刚离开家乡的时候，我觉得自由极了，心想，那种破地方我再也不会回去了。但是四年没有回来，我慢慢地开始有点儿想念这里了。我偶尔也会想，既然毕业了估计也是在现在打工的地方继续工作，干脆趁毕业的机会找个近一点、随时都能回老家的地方住吧。

刚好在这个时候，我收到了同学会的邀请函，负责人的名字正如我所预料的，就是那几个把在岛上生活的时光当成自己人生的黄金阶段的家伙们。他们性格开朗，有不错的情商，学习成绩和运动都还过得去，总喜欢表现自己。在这个小小的岛上，他们要拼了命地体现自己的优越，于是，遇到稍微不如自己的人，便想把对方踩到土里去，遇到那些强过自己的人就要尽量挑刺，找出一些缺点来加以攻击。

不过是一群"金玉其外，败絮其中"的跳梁小丑罢了。

小学的时候，孩子们很容易误认为那些喜欢自我标榜、经常在课堂上大声插话的人很厉害。等到上了初中，开始有了期中和期末考试，这帮家伙突然发现，以前那些不起眼的同学里，也有成绩很好的人。于是，每次考完试公布最高分时，那间狭小的教室里都会响起那群家伙的嘲笑声。

即使是那个考第一名的人，离开了这座小岛也没什么了不起的，但那些家伙丝毫没有意识到这一点，只是一心守卫着自己的王国。想必那些家伙在离开小岛以后没几个月就大受打击了吧，举办同学会也不过是为了修补他们心灵上的缝隙。

我头脑还不错吧。我以前运动很好的。我以前很受女生欢迎吧。

不过是一群在外面受了打击的家伙们在相互抱团取暖、互相奉承而已。

即使不出席，我也完全可以想象那个场面会是怎样的，再说我也完全不想再见那群人。但是最后不知道为什么，我还是选择了参加。我终于意识到，我对这座岛的厌恶，其实是因为我将自己的没出息完全归咎于这座岛了。

杉下也会参加吗？

她应该也和我一样，对岛上的生活感到窒息吧。

同学会的聚餐地点定在一家一年前开张的家庭式居酒屋里。这些年岛上的餐厅业越来越凋敝，但这家店似乎经营得还不错。

我对跟那群人聚会没有什么兴趣，但是反正参加费只要交几千日元，我觉得去这家店试试也不错。

饭菜也不用多么美味，只要差不多能够填饱肚子，一边喝酒一边吃点下酒菜就行。油、盐和化学调味料，能够快速地给味觉带来廉价的享受。

——如果我打工的店里的老板广田先生也在场的话，这些菜一定会让他摇头叹气。但是吃着这些廉价的小菜、喝着啤酒时，我倒是感觉还不赖。

同学会的氛围也没有我想象中那么糟糕。明明四年没见了，大家聚在一起时，还是自然得就像是在上学的路上碰见了一样。还好吗？最近怎么样？大家彼此打了声招呼，然后开始说些家常话。这些家伙以前有这么友好吗？不，说不定他们以前就是这样的。用有色眼镜看人，暗自看不起别人的，也许反而是我。

大家聊了一些值得怀念的以前的事，聊了彼此的工作，毕业后的工作找得如何了这些话题。感觉分开以后，大家各自也都经历了很多。

"成濑你准备去哪工作？"

有人问我，他高中毕业以后就去了岛上的一家造船厂工作。听说他已经考了好几个资格证，在厂里被提拔成了组长。

"继续在现在打工的地方工作，是一家叫作'夏绿蒂·广田'的法国餐厅。"

——不是做正式员工。我应聘了很多家公司或者银行，但全失败了，而且都是在最终面试时被刷掉的。

你的学习能力很不错，回答得也很好，但你身上没有野心，我看不到你想要在我们公司工作的那种热情。

除我以外还有人会在面试的时候听到这样的评价吗？但我没有多失落，反而隐隐约约感觉，或许我真的是那种缺乏野心的人吧。也可能是广田先生邀请我继续在店里工作，给了我退路的缘故。但是，当我跟广田先生说，我面试全部失败了的时候，他也只是说"明年也继续在我们这里工作吧"，没有提正式员工的事情。

有人哪壶不开提哪壶地说，你都大学毕业了还去餐馆工作？

我也只能苦笑着说，是啊。

"那家店很有名的。"

斜对面的一道声音说道。是杉下。看着她的样子，我松了一口气。她今天是所有女孩子里打扮得最时髦的一个，化着偏浓的妆，发尾做出了微卷的造型，拿着连我都认识牌子的名牌包。

我知道她就坐在我附近，但我连看都不敢看她一眼。她对周围的人解释道，在杂志上看到过那家店，杂志上还说里面的厨师得过世界级的大奖呢。

哦，还挺厉害嘛。周围的人一下子变换了态度。

我不想让她知道，我是找不到工作才在那里工作的，所以开始吹嘘起了工作上的事。等我回过神来，坐在我旁边的那个人已经换了位置，变成了我和杉下两个人单独聊天。说是聊天，其实只是我硬撑着在努力回答她的问题罢了。

我也想向她问一个问题，只有一个问题。

你能原谅我吗？但我绝不可能问出口。

她想问我的问题好像已经问完了，不过比起我的工作，她关心的其实好像是"夏绿蒂·广田"这家店。她从包里拿出了一张小纸片，问道：

"你能看看这个吗？"

如果按照身高来排座次的话，最后一排靠窗的那个位置，应该是属于我的固定座位了。如果坐在那里的话，我就不用老是担心自己有没有挡到后面的人记笔记。我们班每次换座位都是抽签决定的，但是每次抽完签，坐在我后面的人还是会说，他看不见黑板了，问我能不能换个位置。所以，到了最后我还是会坐在最后一排。只有两个月的时间，有人坐在我背后。我也问过她，要不要跟我交换位置，她却温柔地拒绝了。

"我坐这里就好。"她说。

记得那是高三的第二个学期刚开学的时候，是在一节数学课上。

"杉下，你坐在那里看得见吗？你来回答一下第三题。"

我们正在做练习题，老师突然点了杉下的名字，但她甚至没有听到老师叫她。她一直低着头，正专心致志地看着什么东西，我看到，那好像是一张报纸的剪报。这时，她才终于发现全班人都在盯着自己看。

"你这么专心致志的，一定是早就算出答案了吧？"

数学老师阴阳怪气地讽刺道。这道题是一个很难考的私立大学曾经的入学试题，很难又很生僻。这个老师也许是因为被分到了这么一间破学校的分校当老师，觉得有伤自尊吧，所以特意找了自己母校的考试题来。他喜欢先让同学试着做，然后说着"反正你们也做不出来"，把我们嘲笑一顿之后，再来讲解题目。

所以，他总是故意点那些一看就不会做的人来回答。杉下的笔记本上一片空白，她应该都不是会不会做的问题，而是根本不知道老师说的是哪道题。我看不惯数学老师一脸看不起她的样子，于是小声地把答案告诉了她。

"嗯……答案是 ××。"

"回答正确。不过，也可能是瞎猫撞上死耗子，你到黑板上来写一下解题过程。"

数学老师之前从来没有喊人上去写过解题过程，要不要偷偷把我的笔记本递给她呢？我还在犹豫的时候，杉下已经走上了讲台。她拿着粉笔，一脸苦恼地盯着黑板，然后突然像着魔了一般地开始书写了起来。

"是对的吗？"

她带着点儿担心地问道。数学老师已经完全呆住了，支支吾吾地说不出完整的话来。她偷笑着回了座位。

课间的时候她对我说："谢谢你。"我不知道她在谢我什么，是为了我告诉她答案的事情吗？我问她："杉下，你不是自己做出来的吗？"她听了以后眯着眼笑道："不是呀，是因为你给我看了你的笔记。"

她走上讲台以前，我确实给她看了一下我的笔记，但是几乎只有一瞬间。那道题的计算公式超过十行，她只看了一瞬间就记下来了吗？我很惊讶，她却说，她的脑子里有一台照相机。

我们已经当了五个月同学，但还是第一次说话。我顺势问起了她上课时看的那张剪报。

“你喜欢将棋吗？”

报纸上的是将棋的残局，题目告诉你手上有什么棋子，然后考你如何在三步之内把对面将死。我听说过，去年杉下他们班上来过一个教国语的代课老师，特别喜欢下将棋，还到处招收学生跟他学下将棋。但我还是第一次看见有人在课堂上研究将棋呢，尤其还是个女孩子。

“不是的，我一点儿也不喜欢。我就是觉得，学会这个的话，对将来应该有点用吧，所以在努力学习而已。”

“将棋有用？什么用？”

“……比如，我在豪华的游轮上遇见了一个喜欢下将棋的阿拉伯大富豪，我下赢了他，于是他就送我一个油田，之类的。”

“你这是异想天开吧，而且如果你是这个打算的话，学点西洋棋不是更好吗？不过的确，这样想的话将棋会变得好玩一点。”

“成濑，你也下将棋吗？”

“偶尔会下，爷爷总是让我陪他下棋。不过我只知道一点基本的规则，我爷爷水平也很弱，我基本没有和人认真思考地下过呢。你的那个，可以给我看下吗？”

我找杉下借来了那张剪报，在下一节的历史课上研究了一会。不知道为什么，棋子好像在我脑子里自己走动了起来，我很轻松地就想出了解法。剩下的时间里，我焦急地等待着下课铃声响起。

我把答案告诉了杉下后，她夸奖我，你好厉害呀！从那以后，她就经常拿着各种从报纸和杂志上剪下来的棋谱给我看。她说自己对研究棋谱并没有什么兴趣，而且也不太擅长，只要把破解出来的棋谱背下来就好了。

渐渐地，我甚至开始不等下课，只要一想出解法，就撕下笔记本的一角，把答案写上去悄悄递给坐在后面的杉下。作为回应，她会按三次自动铅笔，这个暗号代表"好厉害"三个字。

有一天，她按了四次。

我问她："你多按了一次，这是什么意思？"她却不告诉我，只是说："你自己猜吧。"我们餐厅的服务员经常哼唱的一句歌词是："那是我喜欢着你的暗号"，但那也是五个字。

直到发生那件事，我还是不知道她的意思。最后一次，她按下了五次，然后我们就再也没有说过话。那句话当然不是"我喜欢着你"。

按四次的意思直到今天我也不明白。但我还是认为，最后那个按五次的意思，应该是：你快去死吧。

　　她递给我的，是一张已经明显分出了胜负的棋谱。

　　她问我："如果不想这样输掉的话，应该怎么下才好？"
这不是棋谱残局那样，有着明确题目和答案的问答题，我根
本答不上来。不过，这样一来，聚会结束以后我也有了和她
单独相处的理由，真是太幸运了。

　　我远远谈不上富有，但毕竟也不像以前一样窘迫了，
钱包里好歹有了几张万元大钞。我本可以邀请她找个地方，
一边喝酒一边继续想棋谱。但是，如果要找一个不会被人看
到，能够畅所欲言的地方，那就还是只有以前那里了。

　　我们小岛的正中央有一座青景山，海拔 330 米，是这
座岛上最高的山。山上有一条登山小道，直通山顶，沿着这
条路走个五分钟，在一个有点偏僻的地方有一座小平房，那
就是杉下的家。以前总有些小学生把那里叫作"鬼屋"。

　　我没有去过她家。但是那条登山小道的入口处有一个
歇脚的凉亭，里面还有一台自动贩卖机，我们经常在这里约
会，当然并不是脸红心跳的那种，只是一起研究棋谱罢了。

　　今晚我们也准备去那里。

　　再说，这座岛上本来也没有什么适合邀请四年没见的

女孩子约会的高级店铺。除了同学会定的那家居酒屋，就只有些小酒馆了。所以同学会结束后的二次会还是约在了同一家居酒屋里。

虽然四年过去了，这里还是一点儿也没变。

这里很冷，但还不至于冷得牙齿打颤，更不至于冷得需要和女孩子紧靠在一起相互取暖。我们各自买了一罐热咖啡，保持着适当的距离坐了下来。只是，虽然外面有路灯，但天还是太暗了，实在看不清棋谱。于是我们约定，等我想出答案来就会告诉她。互换了住址和联系方式以后，我们就开始漫无目的地闲聊。

聊学校、聊打工、聊找工作的事。

她说，她在清洁公司打工，要负责给刚完工的公寓、深夜里的办公楼什么的做清洁。她笑着说，其实她还想去做清洁大楼玻璃的工作，但是体重不到 50 公斤，所以不能坐吊车。

她完全没有抱怨。但是，我更希望她不要做这些都是男人干的重体力活，而是去一些杂货店、咖啡馆之类的地方工作。她这么拼命打工怎么想都不是单纯为了生活费，是为了买贵重的包吗？

把她害成今天这样的人是我。我唯一感到安慰的是，听说她已经找好了一家房地产公司的工作，那是一家很有名的大公司，我在电视上经常能看到它的广告。

"成濑你呢，过得怎么样？"

她的语气和从前一模一样。但是，虽然收到了她的好意，以我的立场却再也不能像以前那样夸夸其谈地说自己的理想了。不，我真的对她说过这些话吗？

早知道会这样，我应该充满热忱地对她说，希望能早点工作，哪怕那是谎言也无所谓。

那是 10 月末。

"真不想换座位呢。"

我们坐在稍微有点儿寒意的凉亭里，一手拿着咖啡罐，一边盯着棋谱研究时，她突然开口说道。她的意思难道是，不想离开我？不会是告白吧，我的心开始扑扑乱跳。但她很快打碎了我的幻想。

"成濑的背后真的很适合躲藏呢。"

原来如此啊。

"因为在数学课上背英语单词也不会被发现？"

"啊，被你发现了？因为想要认识阿拉伯的大富豪就需要会英语嘛。"

"这话你以前也说过，难道你是认真的？"

"当然啦，当然是认真的。那是我的梦想，或者说是野心。要是没有这种程度的野心，怎么能够忍受无聊的现实呢？成濑你没有这样的野心吗？"

"没有。不过，我想要离开这座岛，当个普通人。"

"那应该很快了。你应该要考大学吧？"

我当然想上大学，我在高一的第一学期调查未来的升学计划时，就填写了要报考大学。但是如今已经今非昔比了，家里的饭店年内就要转手卖出去了。

我们家的生意这几年一直做得很差，想把饭店卖出去也不是一天两天的事了。最开始听说有一个在本州开观光酒店的老板想把饭店买下来，在这座岛上开设分店，继续经营饭馆。但不知道什么时候，事情好像又变了，说是要在半年内拆掉，改成街机游戏店。

我的父母会被新老板雇用，继续在这家街机游戏店里工作——但好像也不是板上钉钉的事。

我们家的境况已经很难支持我继续读书了，甚至不是考上国立大学就能解决的事①。

———————

① 译者注：日本国立大学的学费相较私立大学而言，会便宜许多。

“大概会去工作吧。”

“这样啊，那你想做什么工作呢？”

“什么工作啊，大概哪里有人愿意请我，我就去哪里工作吧。”

我心灰意冷地望向棋盘上的棋子，无论我怎么盯着它们看，它们都没有在我脑海里动起来。

——直到一个星期后。

白天站在这座山的山脚下，可以远远地眺望到小镇延伸到海边的全貌，但这个时间点只能看见星星点点的灯火。没人会来这里，有传言这里闹鬼，所以就连约会的小情侣也不会来这里。那个时候她说过，这里是最令人安心的地方。

我们几乎每晚都在这里学习，或者发发呆，打发时间。

那天，她应该也在那里吧。但突然之间，她发现，海边的一栋房子起火了，担心发生火灾，于是赶紧跑下了山，来到那间着火的房子前，却看到我正呆呆地站在房子前。

那是我们家的饭店卖出去，我们家准备启程搬往小镇外的公寓的日子。

杉下会怎么想呢？赶来的消防员向我们俩询问发生了什么，她抢先开口说道：

"我们两人是一起来的。我叫成濑去散步道的入口那里的凉亭里等我，我要把奖学金的申请书交给他。虽然可以第二天去学校再交给他就行了，但是截止日期已经很近了，这件事情我们也不想让太多人知道，所以就约好9点钟在那里见面，填写申请书。

　　"然后我们就看见这边起火了，于是就两个人一起来看看是怎么回事。"

　　那个时候，我还不太明白她为什么要撒谎。

　　我没有说话，因为听见那些大老远跑来围观火灾的人——都是些熟悉的邻居，在小声议论"不会有人放火吧。"

　　那些人一边说还一边偷偷瞄我。

　　的确，我是嫌疑最大的人。我偶然经过这里，发现起火了——这么说的话，他们恐怕不会轻易相信。

　　在这种连个便利店都没有的岛上，这个时间点你出门干什么？如果有人这样问我，我说是因为我无论如何都想见杉下一面，他们会相信吗？

　　以我们两个的关系，我本来不应该如此空虚，感觉仿佛失去了什么重要的东西，但是我真的很想见她。这话我绝不可能说出口。

　　最后我还是只能回答，事实就跟她说的一样。那天晚上我真的从杉下那里取来了奖学金申请表，几乎没有怎么仔细看就胡乱填写好，第二天一早就交给了班主任。

"对对，就是这个，我还想推荐你报来着呢。"

班主任漫不经心地说道，如果他真的这样做了，该有多好啊。那场火虽然被断定为有人蓄意放火，但最终也没有查到犯人是谁。到了第二个月，也就是11月末，我收到通知，说我通过了奖学金的审查。

我想跟杉下说一声这个消息，直到那个时候才仔细看到奖学金的内容。

奖学金的条件非常好，会免利息借给中选者入学金和四年的学费，但全县的每所学校里只会选一个人。

这份申请书只有去镇上的政府窗口才能领到，杉下拿着这份申请书，应该是想要为自己申请的。

明明她的境况要比我困难很多倍。

她父亲有外遇，还把人接到家里来，把她母亲、杉下和她弟弟三个人赶了出来，他们只能住在山脚下的小破屋里。——这在岛上人尽皆知。

即使下课，她也很少和其他女生一起玩，总是一个人看着棋谱，时不时眺望窗外。明明我总是被她所吸引，不自觉地关注着她。

她应该也想要离开这座小岛，认真思考着未来的路，查了很多关于奖学金的资料，才会去窗口领到这份申请书的。

——为什么我那天晚上没有注意到呢？明明是那么大一笔奖学金，为什么我居然不认真看呢？

而且，为什么班主任要把这种个人隐私的事拿出来在班会上说？

这个奖学金全县只选几个人，成濑居然通过申请了哦。这不就是在对大家说"快看，这家伙是个穷鬼"吗？这个时候班上已经又换了座位，杉下坐到了我斜前方，我看不到她脸上的表情，但是我看见她按了五下自动铅笔。

再也不见了、你这个废物、你快去死吧……

不，她也可能只是单纯地在按自动铅笔而已。但是，自从火灾那件事之后，杉下再也没有拿着残局棋谱来找我了。

我不敢主动向她搭话，不知道从什么时候起，我们即使擦肩而过，也尽量不和对方视线交错。

离开小岛前，我辗转听人说，杉下也考上了东京的大学，这个消息让我多少安心了一点。

多亏了杉下，我才有机会离开小岛，有机会上大学，我理应向她道谢，至少为了我们再见时，能够抬头挺胸地向她汇报我的近况，我应该努力上进才对。……是从什么时候开始的呢，我不再这么想了。

我不怎么认真上学，不是在赌马就是在玩街机游戏，然后为了赚钱去打工，也没有找到什么像样的工作，从4月以后也许就要做自由职业者了。但是在她面前，我却表现得像自己有多努力似的，不仅大肆吹嘘"夏绿蒂·广田"的事情，还讲起了做外卖服务时遇到的一些值得纪念的事情。

"那位太太自从出了事故、腿受伤了之后就不怎么说话了，但吃着我们家的菜品时，她突然开口说起了一些以前怀念的事情，'说起来那天下雪了呢'，或者'我们之前是在那条路上第一次牵手的吧'之类的。她先生当场就哭出来了，连我在一旁都想哭呢。"

我没有撒谎，能够勾起往日回忆的菜品，实在令人觉得非常美好，那天晚上我甚至认真考虑过要不要转去读专门的烹饪学校。但我还是觉得自己十分卑鄙，竟然将这种美好的事情拿出来吹嘘，欲盖弥彰地将它当作掩盖自己无能的遮羞布。

杉下一边听一边露出深思的样子来，她听得越认真，我就越无地自容。我想招待她来"夏绿蒂·广田"，作为对以前的感谢，不，不光是为了以前，也是为了将来……这么想着，我从钱包里拿出了一张名片。

"请收下这个吧。"

这样说听起来就像是在让她自费来一样。但我只能说得出这样蹩脚的话来。她却这样问道：

"如果我下单的话，会是成濑你来送吗？"

我完全没想到她会这样问，毕竟刚才同学会时她还说，自己都很久没有喝到真正的啤酒了，她的境况应该很困难。她把名片收进包里，顺便取出了一本手账本，好像在确认日期。

当然了，我很愿意替你服务。——我这样回答道，其实我更想问的是：你是点一人份吗？还是计划着让男朋友请你吃？但我最后还是没能问出口，我太没用了。

"野蔷薇庄"102室，这是昨天杉下和我交换的地址。

因为要回去打工，过完年第三天我就回了东京。那是我回了东京之后的第三天。

自那场同学会之后，我整天都在思考那个棋谱，不，其实是在想杉下。有时候，我是自己一个人拿着棋子推敲，有时是在和爷爷下棋时，按照杉下给我的棋谱上的方式进攻。爷爷不经意间的一句话，指引我最终找到了破解的办法。

"你小子，看过教育电视台的那个将棋教室节目吗？"

杉下拿来的那个棋谱中，已经快要输了的那一方所采取的战术，正是那个节目在半年前介绍过、由某某棋王独创的"破阵飞车战术"。爷爷有着把电视节目录下来反复看的习惯，即使是这样，他居然还记得半年前的节目上讲了什么，也真是太厉害了。总之，这次爷爷帮了我大忙。

我想，杉下应该是被人诱导了。和杉下下棋的那个人，恐怕知道她有背下各种棋谱应对棋局的习惯，所以从一开始就故意诱导她采取这种战术，将步和桂马①伪装成弃子，暗中将死了她。

我想赶紧把这个消息告诉杉下，强忍着紧张的情绪给她打了个电话。她说她已经回了东京，我对她说解释起来可能时间有点长，她便邀请我要不要去她家聊。

从"野蔷薇庄"这个公寓名来看，她住的地方好像比我住的"立花公寓"要时髦一点？我稍微放心了一点。出了车站，沿着一栋又一栋的高层建筑往她家走去。她说她家距离车站走路只要5分钟左右，看着周围的环境，我想，她住的地方看起来还不错。但是……我走进了一条完全不起眼的

──────────

① 译者注："步"和"桂马"都是将棋中的棋子，"步"类似于象棋中的"卒"，"桂马"类似于象棋中的"马"。

狭窄小路，向左转了两个弯，看见了一栋非常破旧的二层木建筑物。这里破旧得让我差点以为这是电影的布景。

当然，这栋楼如果放在我们岛上的话，就一点儿也不突兀了。

公寓外的楼梯扶手上挂着一块很旧的木制广告牌，上面写着"野蔷薇庄"。

我找到了一楼的 102 号房。房间的门看起来一点儿也不牢靠，感觉猛踢一脚就能踢开。我伸手按响了门边的一个小小的门铃按键，她很快就出来了。她没有化妆，穿着一身朴素的连衣裙。

这是一间铺着榻榻米的日式房间，也就十平方米左右。如果没有那台笔记本电脑的话，走进这间房就让人感觉像是回到了昭和年代。但是这种朴素的氛围，很像她还在岛上时的样子，比起上次见面时的感觉，更令我怀念。

不，刚才被门挡住了，所以我没有第一时间发现，这间房子里有一样和整体氛围非常不搭的家具。

那种东西是叫梳妆台吗？木制的外框上雕刻着细密的花纹，做工非常扎实，放在欧洲的城堡里感觉也不会违和。但这样明显很贵重的梳妆台上，此刻堆着像小山一样高的书和杂志，就显得有些奇怪了。

她吃饭、读书、学习应该都是在这张被炉上，正中间摆着折叠式的将棋盘，还有一个塑料盒，里面装着棋子。桌上放着装了咖啡的马克杯，咖啡里似乎还加了牛奶和糖。

"总感觉成濑你好像不是第一次来一样，就像在同学会上见到你的时候，也没有那种我们很久没见了的感觉呢，一点儿也不生疏。"

她的话听上去意味深长。不，也许她没有别的意思，只是我自己想得太多了。和她在一间房里单独相处，我紧张得心脏扑扑乱跳。为了掩饰紧张，我拿起咖啡喝了一口，然后打开了将棋盘。

我摆好了棋子，像电视里的将棋课堂一样仔细地向她说明了一切有必要的、没必要的细节。如果直接对杉下说她中了敌方的诱敌之计，好像有点羞辱她的嫌疑，所以我对她说，让她想想自己是不是在对局时一心想着要使用破阵飞车战术，被对方看穿并利用了。

她认真地盯着棋盘："嗯……原来是这样啊。"

"下将棋和研究残局是完全不一样的，如果在实战中一味地只想着要把棋谱里的战术复现出来，就会给对手留下可乘之机。想要避免这一点，最迟也需要提前三手布置一步闲棋。但是，这种诱导战术，必须基于双方都对对方的思路很了解的基础上，所以也可能反过来被对方针对。——不过，这里可以先这样下。"

棋盘上的形势瞬间逆转了。

她盯着棋局又看了一会，笑道："真厉害。"此时她手上当然没有自动铅笔，我耳畔却仿佛响起了按动三次的声音。我趁机问道：

"那个，自动铅笔按四次的那次，到底是什么意思呢？"

"那是我那个时候最想说的话，也是我最希望成濑你能够猜到的话。"

希望我能猜到的四个字。请加油吧？应该不是。我深爱着你？那是五个字，再说高中生根本也不会用这种话来表白。那应该是更单纯的……

"杉下，那个怎么样了？"

门嘎吱一声被人推开了，同时传来了男人的声音，那人没有停留就直接进来了。

那是一个，非常……漂亮的男人？长得很白，身形纤细，高挑的鼻梁，看上去有些冷漠的细长眼睛。等下，这家伙是谁啊？

"你回来啦，西崎。吃饭了吗？饭马上就好啦。"

我刚进门就注意到，狭窄的厨房里的单灶瓦斯炉上放着一个双柄锅，底下开着小火煮着什么。我还以为是为我准备的。

"土豆炖肉？——我没胃口，把我那份给野原爷爷吃吧。我走了。"

突然进门的男人突然又离开了，没有分给我一丝一毫的注意力。这家伙怎么回事？

"我也准备了房东的份的。成濑你也吃一点儿吧？"

"当然了。"

"太好了，我多准备一点儿果然是对的。我给你装在保鲜盒里，你带回去吃吧。"

不能在这里吃吗？我虽然这样想，但也意识到，自己并没有这样做的资格。我甚至还没有向她道歉呢。所以她自然也没有原谅我。我来人家家里甚至没有带上一份见面礼，还自以为是地给人家上起了将棋课。

而且，还吃起了醋。

"那个，刚才的是？"

"是隔壁的邻居西崎，他长得是不是就像王子一样？好像也是大学生吧？不知道是留级了还是已经毕业了。他说想当纯文学作家呢。"

"啊，确实感觉很适合他。"

"是吧！'结核病'或'疗养院'之类的字眼感觉也很适合他呢。他的长相，要是再加上一点才华的话，简直就是完美了。"

"他没有才华吗？"

"他给我看过几部他的得意作品，都是些看不懂的东西。什么，为了让别人饲养的小鸟自愿变成烧鸟，就好几天不给它吃东西，引诱它自己进到烧热的烤炉里的故事之类的……还有，一个认为自己跳海自杀的恋人变成了贝壳的男人的故事。男人把贝壳放在耳边，就会听到恋人的声音。到这里为止还挺浪漫的，但是有一天，贝壳里突然什么都听不到了，于是男人就把贝壳磨碎吞了下去。然后那天晚上，男人梦见了恋人。之后的每一天，男人都会去沙滩上寻找恋人变成的贝壳，再把贝壳，磨碎吞下去。不知不觉男人的身体变得越来越硬，等他回过神来发现自己也已经变成了贝壳。是不是有点莫名其妙的？"

"不过，感觉也确实挺有文学性的。"

"但是，把贝壳磨碎吞下去，人又不是鸡，怎么会这样做呢？……这话要是被他听到，他会很生气的。这间公寓隔音可差了。"

"你们……在交往吗？"

"怎么可能。西崎这种人只适合放在照片上欣赏，要是一起生活那可太累了。住在这间公寓里的人大家关系都很好，三年前有一次台风来了，地板淹了水，感觉大家有了共患难的情谊吧。我们还一起修理了屋顶，这栋房子看起来破得吓人吧？不过，比在岛上时还是强多了。我想，也只有成濑你能理解我的这种心情了吧。所以，能再见到你，我很高兴。"

高兴？明明是我害的你只能住在这样的地方，还要自己修补屋顶……

"对不起，杉下。真的很对不起。都怪我粗心大意，让你没了奖学金，真的很抱歉。"

我从被炉里出来，趴跪在地上。我知道，不管我怎么低头认错，她也不会原谅我的。那笔奖学金或许不足以让她住进什么高级公寓，但至少也能让她住得好一点。我的那些轻松散漫的日子，原本都应该是杉下的。

"等等，先等一下！难道你一直是这样想的吗？什么奖学金的事，我根本就不在意。"

我抬起头，她看起来一脸为难。

"你看，虽然我家是那样的情况，但好歹我父亲还在。虽然他是个人渣父亲，带着情人住在海边的豪华大房子里，但是他至少还是会按时给抚养费的哦。……所以那个时候，我想着，成濑，真是太好了，所以才按了五次自动铅笔呢。"

"那个五次的意思是，真是太好了？"

"是啊，还能是什么？"

有太多可能了。但是，我真的松了一口气，甚至差点哭了出来。真是太好了，真是太好了——

"比起这个，关于'夏绿蒂·广田'的外卖服务，如果我今天打电话预约，这个月能订到吗？"

"啊，这个应该不太可能吧，最早估计要到 4 月份了。"

"要等这么久呀，能不能帮忙稍微提早一点？就当作是为了回报奖学金的，一点特殊福利？——哎呀，你就当没听过吧，这样就好像我在逼你还人情一样。"

我刚松的一口气又提到了嗓子眼。她露出一脸说错了话的表情，也许真的只是随便说说而已。但是，如果真的能借这个机会报答杉下的话……她没有生气，不代表她不曾有恩于我。

"这样啊，那我来想想办法吧。"

我告诉杉下，店里做外送服务的员工大多数只能辅助，很少有能独当一面、单独提供服务的，所以一个月里总有些日子是送不了外卖的。我可以在这些日子里选一天，由我来负责提供服务，这样就能保证在这个月内预约上了。

但是，如果由我一个人提供服务的话，最多只能定四人餐。

真的吗？她的脸上绽放出了笑容。我们赶紧开始看要定在什么时候，她说，应该只能定星期六。星期六的话那就只有一天还空着了。

1月22日，那天是我的生日。今天我本来打算，如果她说为了将棋的事情要感谢我的话，我就下定决心在那天邀请她出去。

"22号的星期六，可以吗？"

这样就够了。就算她没有生气，我顺势邀请她一起过生日，这也未免太得寸进尺了。杉下翻开手账本，在22日上面画了一个圈，用手指划过其他的日期。

"那派对就定在下周吧，成濑你哪天有空？"

那个时候我一心只以为，她说的派对，是指我的生日派对。

我生日的前一周——这种日子我以前什么时候这么在意过？

我特意买了一盆盆栽花，我从来没有买过这种东西。

我想，如果把这个放在她的桌上，她看到了是不是会觉得幸福一点？到了她家以后，桌上放着的却是一个电火锅。

"今天准备吃火锅呢。"

她说着将盆栽放到了梳妆台上，能在这么冷的天里和她一起吃火锅，很令人开心。但是那个王子殿下为什么也在这儿？

"上次没跟你打招呼，不好意思。我是西崎。"

这家伙一手拿着玻璃杯，躺在被炉里说道。这副吊儿郎当的样子实在令人火大。

"抱歉呀，我打工到傍晚才结束，所以还没完全准备好。冰箱里有勾兑啤酒和葡萄酒，你先喝点吧。"

她站在狭窄的水槽前，利索地切着葱。这幅景象是我幻想过多次的，真的很令人感动。不过我肚子确实饿了。白天我刚去送了外卖，结束之后就直接过来了。

先把啤酒从冰箱里拿出来吧……对了，蛋糕，也最好先放进冰箱里。哎呀，忘记应该提前发短信告诉杉下我准备了蛋糕的，不过算了，就算有两个蛋糕也没太大关系。

我打开冰箱，把啤酒拿出来。我自嘲了一下，我也是想得太美好了，冰箱里别说蛋糕了，甚至几乎空空如也，只有几个面包和人造黄油。我从纸袋里拿出装着蛋糕的盒子，放进了冰箱的中层。

朋友想提早一点替我庆祝生日，我的排班可以换一下吗？我去和广田先生商量这件事时，他说，既然是这样的话那就准备个蛋糕吧，所以今天特意做了个蛋糕送给我。

他还说：我特意做了女孩子会喜欢的样式，你小子要加油啊。我算是明白，为什么客人们都喜欢在"夏绿蒂·广田"庆祝纪念日了。她打开箱子的那个瞬间，脸上会是什么样的表情呢？

我想应该去帮帮她的忙。电火锅旁放着味噌和木勺，我放下啤酒，开始在锅底涂抹味噌。

她准备做的是牡蛎土手锅，这种火锅其实在燃气炉上用陶锅煮会更香。

"哦，我还以为这是杉下的独门拿手菜呢。原来你也会做啊。不愧是同乡呢，真不错。"

西崎看着我的动作说道。我问，西崎你是哪里人呢？他说，他老家离东京挺近的。我看他一个人住在这么破的公寓里，还以为他肯定也是小地方出来的呢，但是他身上那种不食人间烟火的气质，又确实非常东京圈。

杉下端着装满青菜的大碗走过来坐下。

"哇，抹得好均匀啊！不愧是高级饭店'涟漪'家的儿子。你做事还是这么一丝不苟，涂土手锅也能看出人的性格呢。"

听了这句话，西崎不知道为什么偷笑了起来，我按下了电火锅的开关，将牡蛎和野菜放进去，等上一会就能吃了。

"成濑，我们开葡萄酒吧。难得你为了我来一趟，我们就先干杯吧。"

西崎说，为了他？他在说什么？我还没反应过来，杉下从冰箱里拿着冷藏好的白葡萄酒走过来，把酒瓶递给了西崎。西崎拔下瓶塞，用颇为夸张的动作将酒倒进了有着圆点图案的玻璃杯里。

"热烈祝贺西崎先生，获得第七十八届白桦文学奖！"

杉下率先发表了贺词，我们三人碰了下杯子。

文学奖？原来所谓的派对是庆祝这个的？仔细想想，她也不可能知道我的生日。毕竟我也不知道她生日是什么时候。是吗，文学奖啊。

王子殿下还挺厉害的。

"成濑你喜欢看书吗？"

"偶尔看一点，不过，白桦文学奖可是很厉害的大奖呢。对了，好像听说之前得芥川奖的人也拿了这个奖呢。"

"你知道的还挺多呢。我看你应该能看懂我的作品，作为今天见面的纪念，请一定收下这个。"

西崎高兴地说道，伸手从梳妆台上拿了一个牛皮纸信封递给我。我接过来，打开一看，里面放着的是原稿纸，小说的名字叫作《灼热鸟》。这可怎么是好呢？

西崎丝毫没有替我考虑的意思，接着翻开月刊杂志《白桦》，指着一篇文章对我说："要先看这篇。"

第七十八届白桦文学奖初选合格者作品——《贝壳》西崎真人。

这个标题我有印象，杉下向我说起过这个故事，这玩意儿也能得奖吗？——我这样想。不过仔细一看他也只是通过了初选而已，复选通过的名单上并没有西崎的名字。

这庆祝的阵势，还以为是正式得奖了呢……

火锅煮开了，散发出味噌的焦香，我们动起筷子来。我准备彻底无视西崎的存在，就当是跟杉下两个人单独吃饭。

"成濑，牡蛎可以吃啦，你是不是没见过这么小的牡蛎？"

她往我的盘子里盛了一些牡蛎。真好吃啊，真的，实在太好吃了。

"成濑，你是为谁活着的？"

西崎很突然地开口道。

"为谁？应该是为了自己吧？"

"心眼真小啊你，明明个子这么大。不过，我也没资格说你。直到半年以前，我也是那种只为了自己活着的人。或者说是，只为了自己而追求文学之路。所以每次落选，我都对那些素不相识的评委心怀怨恨，埋怨他们为什么不理解我。现在我才明白，选不上是应该的。因为我长期以来只将才华用在自己的世界里，自然也就无法超越长期以来的自己。我眼前有一座摇摇欲坠的吊桥，如果穿过这座吊桥的话，我应该就能找到什么。但对面的东西也许未必值得你冒生命危险。如果是你的话，会选择穿过这座桥吗？"

"嗯，很难说呢。"

"是吧。不过，如果桥对面的人是杉下呢？如果，她正在对你呼喊救命呢？"

会过去……吧？不过，这种事情应该不会真的发生吧。——我用寻求认可的眼神看向杉下，发现她正一脸认真地看着我。

"如果是你叫我的话，我想，我会过去的。"

笑容绽放在她的脸上，如果此刻只有我们两个人独处的话，我一定会握住她的手……

"我就知道啊！成濑。"

西崎一把抓住了我的手。这家伙真恶心。

"我终于也找到了这个人，站在桥对面呼喊我的人。她简直是这个世界所有美好的化身，是我的美神。"

这家伙脑袋没问题吧？我倒是希望他现在能告诉我，他其实是某个剧团的演员，刚才是在排练表演。但是，杉下在一边频频点头，一副"我懂我懂"的表情。

"虽然对面如果是杉下的话也不错。不过，如果我和杉下分别在一座危桥的两头的话，怎么看都会是杉下朝我这边来吧？但是，这家伙不知道为什么就是不过来呢。她理解不了我的文学，我们俩所追求的东西，本来就不一样。但是，我的她不一样。她是过不了这座桥的人，可她需要我。我第一次产生了要为谁而写作的想法，于是就写出了《贝壳》。渡过那座桥，果然就会得到世人的认可啊。"

说什么世人的认可，只不过是通过了初选而已吧。

"你可能会想，只不过是通过了初选而已吧。"

他会读心术吗？

"但是，这是很重要的第一步。只要能和她在一起，我就拥有无限的未来。本来应该是这样的……"

西崎突然站了起来，走到窗边，双手拉开了窗帘。

窗外是高楼大厦，光怪陆离的夜景。是啊，这里是东京啊。

"那座最高的楼。不,那是邪恶的国王所统治的高塔。"

西崎指向某处。

"你听说过《长发公主》吗?我的女神,此刻就像这个故事里的公主一样,被关在那栋楼从上往下数第四层的那间房子里。我要把她救出来。我需要你的帮助。"

这都是什么鬼话?

"西崎,你得解释得再清楚一点,不然成濑可听不懂呀。"

她接着西崎的话继续说了下去。看来这次聚会,并不是简单只为了庆祝西崎通过初选而已。

简而言之,西崎陷入了不伦之恋。

住在高塔里的是在一流大公司工作的野口贵弘和他的妻子奈央子。他在公司顶多也就是个白领吧,却能够住在这么豪华的房子里,听说这还只是临时住所呢,真是厉害啊。听说,这个叫野口的人家里本来就很有钱。

西崎居然和这种贵公子家的夫人在搞外遇,我怀疑这是他编出来的故事,但是听说杉下也认识野口夫妇,我也不得不相信了。

杉下和野口夫妇是在冲绳潜水时，通过下将棋认识的。虽然不是阿拉伯的大富豪，但是没想到将棋居然真的帮她认识了有钱人，我很惊讶。

有一次奈央子来找杉下，但是杉下正好不在家，恰巧她遇见了西崎。西崎嚷嚷着"遇见女神了"之类莫名其妙的话，跟她开始了私下来往。但是他们来往的次数一只手都数得过来，还没交往多久就被她老公发现了。

她老公就是邪恶的国王。

杉下说，国王虽然看起来外向开朗，但其实是个嫉妒心很重的人。国王以"照顾流产的妻子"为借口，把奈央子关了起来。

都21世纪了，居然还有人会为了不让公主殿下跟其他男人接触，把她的手机、电脑全部没收，连家里的电话都控制了起来。国王甚至还在房门外装了门链，他不在家的时候公主都出不了房门半步。

西崎还说，国王还对公主使用了暴力。

但说到底，事情还是因为他们的外遇而引起的。西崎也想过，如果放弃奈央子的话，一切是不是就会好起来？但他在隔壁无意中听到杉下和朋友在谈论野口夫妇家的事情，实在坐立难安，干脆对杉下坦白了一切，希望她能够帮助自己。

他们两个人决定，无论如何都要把公主从那座高塔里救出来。但是那里戒备森严，前台有专门的接待人员，还有保安。杉下说，就算对前台说，他们是来拜访奈央子的，国王也已经提前和前台打好了招呼，他不在家的时候任何人都不能进去。只有等国王在家的时候，他们才能到达野口家门口。但是这样的话，又没办法把公主带出去了。

这个时候，杉下从我这里听说了"夏绿蒂·广田"的外送服务的事情。——她便向西崎提议，能不能想办法利用这项服务，所以今天才会叫我来商量。原来同学会的时候，杉下对我这么友善，都是为了这个。

三天前，野口先生打电话来预约，说要定 22 日。当时，我告诉他那天已经被预约了，他说是杉下介绍他来的，还说要定四人份的餐食。原来是这样，这样就说得通了。但这都是什么破事。

还说什么派对，都是借口。

她说，他们的确想要庆祝西崎通过初选。对西崎来说，比通过初选更值得庆祝的，是他终于认识到了公主对他来说究竟有多重要。真是的，这些跟我有什么关系？

"对不起，成濑。求求你了。"

杉下低下头求我，我只能无奈地同意了。

西崎对我说："真的谢谢你"，然后递给了我一张类似时间表的东西。按照我们当时的计划，他会和我一起装作"夏绿蒂·广田"的员工，然后趁我做准备工作的时候随便找个理由把公主带走。后来，公主给西崎打了个电话，希望西崎假扮成花店员工，所以我们修改了计划。

国王家里有一间书房，书房里有隔音设施，杉下会在里面陪国王下棋，拖住他，制造机会让西崎把公主带走。

如果事情顺利的话，我的任务就到此为止了。但是如果万一西崎把公主带走的时候，被国王发现了，我就需要阻止国王去追他们，或者是代替西崎带走公主。

"什么？让我把她带走？"

我有什么理由为了西崎做到这种程度？但是西崎一脸自信地把手搭到我肩膀上，说："只是以防万一而已。"我真的分不清他是说着玩的，还是认真的。

我答应帮他们这个忙，真的没问题吗？

计划表上方写着"穿越吊桥计划"几个字，简直像搞笑电影的桥段。我想，西崎以后恐怕再也没什么为文学举办庆功宴的机会了。而且……

我真的要帮他们做这件事吗？这份计划也像是随便写

写的。

5点半，杉下，进入高塔。

6点，西崎，扮成花店员工带走公主。

7点，"夏绿蒂·广田"到场，进行辅助。

这些家伙不会是在闹着玩吧？

"野口点了四人份的饭菜，还有其他参与计划的人吗？"

"还有一个叫安藤的人也会来吃饭，他是我们共同的好友，但是什么也不知道，没有参与我们的计划。上次你不是说，一个人来提供服务的话，最多只能定四人份的饭菜吗？我们一开始是打算让西崎假扮你的助手的，这样的话，明明只有三个客人，店里却来了两个人，不是有点容易引起野口先生的怀疑吗？我就想着邀请安藤一起，这样就有四个人了。"

杉下这样解释道。当初为什么不干脆直接跟我商量呢？我猜，他们一开始并没有打算告诉我这个计划吧。反正西崎也不需要假扮我们店的员工了。但是他们两个人单独进行计划多少有点害怕，所以决定邀请看上去人畜无害的我来帮忙。

没事的，他欠我一个人情呢。——也许她在背后还曾说过类似的话吧。

"就算成功把她带出来，之后呢？之后怎么办？让她躲在这间公寓里？"

"我想先把她带到这里来，然后我们两个人好好谈谈，之后找一个谁也不认识我们的地方生活。"

西崎这样说道。未免也太天真了吧，生存可没那么容易。但就算对他这么说，恐怕他也不会听。如果我是公主，就算被人关在高塔里，如果来救我的是这家伙的话，我也不会跟他走的。

我不禁好奇了起来，如果这个计划真的成功了的话，王子和公主以后会变成什么样子呢？

杉下又一次低头向我请求，我只能答应了。然后西崎便高兴地回了隔壁的他自己家。

"抱歉，你别看西崎这副样子，其实他是很认真的，而且我也真的很想帮助奈央子。真的对不起。"

她的话只是让我怀疑，她现在的样子会不会也是为了利用我而装出来的？但就算真的是这样，面对她，我也还是强势不起来。

"不用向我道歉，感觉还挺有意思的。"

我这样一说，她脸上露出了高兴的笑意。

我们两个把家里收拾好，感觉已经没什么需要我的地方了。我无所事事地坐在被炉里胡思乱想着，我是不是该提出告辞了？她有没有可能开口让我留宿在这里？不，其实我已经想回去了。这时她端着两个马克杯走了过来，杯子里装着咖啡。我甚至不敢告诉她，冰箱里有蛋糕。

她在我对面坐了下来。因为我们都伸直了腿坐着，她的脚尖不小心碰到了我的膝盖。

"不好意思呀，我家里只有被炉。火锅关了之后，屋子里一下子冷了下来呢。"

说着她捧起咖啡杯，一边暖着手，一边对着杯子吹气。我虽然还有点生气，但在这么寒冷的夜晚，能够和她两个人一起喝着咖啡取暖，这种感觉实在不算差。屋外的风吹得窗户一阵阵摇晃，被西崎拉开的窗帘还开着。

以前还在岛上的时候，眼前的高楼大厦是我们无法想象的景象。东京塔远比岛上最高的青景山还要高。

如果从顶层的房间里俯瞰地上，会是什么样的感觉呢？会觉得一切尽在我手、无比满足吗？但是，住在那样的房间里的夫妇，似乎并不幸福。

不管楼层多高的高级公寓，我都无法理解那样的房子究竟有什么好的，就算再宽敞、再豪华，也是住在天上。如果想看美丽的夜景的话，交个几千日元的门票去那种有观景台的高楼里也能看到。

比起这种房子，我更喜欢离大地更近的地方，哪怕房子小一点也无所谓。我想要的是，像"夏绿蒂·广田"那样，像"涟漪"那样，能够和重要的人一起相处，度过幸福时光的地方。

在那样的地方，我希望有一个人在。那个人此刻就跟我一起在这间破公寓里，就在我触手可及的地方。这不就是一件非常幸福的事情吗？

我不经意地回头，看见她也正盯着高楼发呆。她是不是也在和我想一样的事情呢？

"——你没有那样想吧？"

"什么？"

"你不会在想，现在这样就足够幸福了吧？"

"那杉下你呢？"

"我……还不够。我还远远没有满足。在岛上的时候，我一心想着，只要离开这里人生就会完全不同了。倒不是因为父亲有情人这件事情。我不想要被困在这个狭小的世界里

101

过一辈子，明明都没有为了幸福努力过，还要装出一副幸福的样子来。可是，为什么其他人都过得那么开心呢？真的很奇怪。没有人和我一样觉得窒息吗？我一直在寻找和我有一样感受的伙伴。成濑，直到遇见你，我才终于找到了。"

"⋯⋯我？"

的确，那个时候，我也有同样的感受。

"但是，成濑你的烦恼，应该要比我的更深刻得多。那天，你看着'涟漪'燃烧时，你看起来真的非常强大，同时又脆弱极了。我觉得，你仿佛下定了某种极大的决心，我不知道为什么，突然感觉想要和你一起，哪怕一起被吞噬。所以我撒了那个谎，说你和我在一起。"

等一下，杉下真的觉得是我放的火？而且她竟然会欣赏那样的我。

"那笔奖学金的申请书，我本来就是为了你去领的。我想，你比我更厌恶岛上的生活，成绩也比我更好，你要是不能继续念书那不是太可惜了吗？但是，我不知道该怎么给你，该说点什么，所以一直拖着，直到那天才以那样的方式交给你。抱歉，害你心里一直过意不去。——我们都能离开那座岛，真是太好了，我很高兴。但是离开了之后又怎么样呢？就住这样的公寓？就过这样的生活？这跟在岛上的时候有什么区别？只不过，我毕竟还是学生，这样的生活勉强还令人可以忍受。但是只要有机会，我一定要向那些拥有我没有的东西的人发起反攻，我要用他们作跳板，爬到更高的地方去。"

她再一次看向远处的高楼，我也顺着她的目光看去。

"成濑，你说过的吧，离开岛上之后想当个普通人。但是，我觉得你就算在大城市里，也绝对不会是一个泯然众人的人。也许这对你来说也是一件痛苦的事情，但是我相信，你一定能爬到很高的位置。你也只有爬到了那个位置，才能真心体会慢慢品味一杯咖啡的幸福。如果你还没有到，却说自己能够体会的话，那只是在找借口罢了。我想再一次见到那天的你，然后，我想要永远和那样的你在一起。不要把这件事情当成是为了帮西崎，为了你自己而去做吧。"

的确，不管是这间房间，还是我住的公寓，抑或是我的日常生活，都与我还在岛上时所想象的东京生活相差甚远。如果就这样回岛上的话，不就又变回从前的自己了吗？

离开了岛上日子就会变好，根本不是这么一回事。但是，如果不离开岛上，我永远不会意识到这一点。当初，是她将我带离了那座小岛，如今，她似乎又将带领我走向未知的远方。而这次，我们将并肩同行。

出发前的庆典仪式，就是那场帮助不伦之恋的情侣逃亡的行动。如果这么想的话，对我来说，这将不失为一次愉快的盛会。

1月20日，我的22岁生日前两天，也是推行我们计划的日子。尽管如此，那天的一大半时间里，我都在无所事事，到了下午3点以后才开始行动。我准备离开公寓之前，收到了杉下的短信，但她不是来提醒我计划的，而是……

生日快乐。那天的派对之后，杉下到第二天早上才看到冰箱里的蛋糕。广田先生还在蛋糕上面写了"祝你生日快乐"的字样。她有点抱歉地问我，怎么不早点告诉她呢。所幸，气氛没有太尴尬。

我想，这是因为我们都觉得，以后一起庆祝生日的机会还很多。

下午4点左右，我到了店里，开始准备起配送外卖要带的东西。我很久没有去第一次上门的客户家服务了，所以需要格外认真地查好地图，检查附近有没有停车场等，事先做好准备。以"天空玫瑰花园"离店里的距离来说，开车20分钟就能到了，从地图上看离杉下家也不远。

那天晚上，我想过为什么西崎和杉下都要盯着那片高楼，现在想来，他们看向的应该就是我接下来要去的那栋公寓。

要将被邪恶的国王关押在高塔里的可怜公主拯救出来。

6点半的时候，我把装好菜品的保温容器放到店里的小推车上，开着车出发了。

从大路拐到一条单行道上，没多久，我的目的地——那栋高楼——就出现在了眼前。我看见了地下车库的入口，但是这个地下车库好像是业主专用的。公告栏里写着：来访的客人请把车停在大堂门口的临时停车场里。

以前我服务过一家住在这种高级公寓里的客人，那栋楼的停车场离得非常远，从那以后我就非常不喜欢去这种高级公寓送外卖。好在，这里的停车场并不远。我找了个离入口最近的车位停好车，把折叠推车从车上拿下来，然后一边慢悠悠地把东西往上搬，一边看了下时间。

6点48分，时间刚刚好。我穿过自动门，看到了前台，这里简直像酒店一样。看来即使有人点餐，配送的人也不能直接上门。

我给坐在柜台里的女人看了预约记录，让她帮我联系野口家。

杉下应该已经到了吧。西崎呢？如果他已经把公主带走了，这里应该不会像现在这么平静。我隐约有些不好的预感。

他们特意拜托我，一定要把门外安装着门链的照片拍下来。他们说，就算万一计划失败，被报警抓了起来，有了这张照片的话，也可以证明野口先生的确监禁了奈央子。

我从白色的制服上衣口袋中掏出手机。一般在提供服务之前，我们都必须把手机关掉，这是为了防止万一有电话响起，会影响客人在这种重要时刻的心情。

我看向手机，内心期待着能看到杉下的短信，告诉我"西崎任务失败，正常进行晚餐"之类的。但我没有收到任何短信。——在我翻看短信时，前台的人正拿着的话筒里一直传来"嘟——嘟——"的声音。没人接听，她放下了话筒。她们是不是有规定？比如响个二十或者三十次，没人听的话就先挂断一次。

她说："请您稍等一下，我稍后再为您重新联系。"

我心里七上八下的，怎么回事？怎么会没人听电话？

是因为西崎已经成功把公主救走，而杉下还和国王在书房下棋吗？我希望最好是这样。如果，他们已经被国王发现，已经闹了起来的话……杉下不会有危险吧？

我正担心的时候，隐约听见有人接起了电话。"是谁"，那是个男人的声音，接着我听见他说"取消掉"。那是国王的声音吗？不，听起来好像是西崎。不管是谁，虽然晚餐肯定是泡汤了，但比起这个我更关心的是，上面到底发生了什么？

我拜托前台的人再帮我打一次，这次很快就有人接听了，不知道为什么，电话对面的人要让我接电话。

"是成濑吗！救命啊！"

是杉下的声音。我扔下话筒，飞奔向电梯。发生了什么？发生了什么？

我到了房门前，一边按响门铃，一边不等里面的人回应就把手伸向了门把手。门没有锁，但是我刚把门拉开一条缝，门却停顿了一下。我焦急地用力一拉，门打开了，我看见玄关附近散落了一地的玫瑰花瓣。

发生了什么？我刚看了一眼被人踩得稀巴烂的花束，杉下就从房间里面走了出来。

"成濑……不好了。"

她喃喃自语地说了一句话，又自顾自地回到了里面的房间。我不知道发生了什么，只是跟着杉下走了进去，看见西崎正站在里面，他的脚边是两个人。

伏在地上的人，是那个叫野口的？靠里面一点仰面倒着的，是奈央子？他们死了吗？野口的后脑勺流了很多血，脚边有一个沾着血的烛台。

到底是怎么回事？

"计划失败了。"西崎无力地说道。

"对不起。"杉下用微不可闻的声音说道。

"到底发生了什么事？"

我看向杉下，她说："我也不知道。"她说她一直在有隔音设施的书房里面，她带着我和西崎走进书房，让我们感受这里的隔音效果有多好，外面的声音几乎一点儿也听不见。接着，西崎向我说明了他到达之后发生的事情。

虽然说是那个家暴老公先动手的，但是毕竟是死了两个人，而且其中一个还是西崎亲手杀死的。我应该报警，把一切向警察和盘托出吗？

我们三个计划着要如何把奈央子带出来，但没有想到事情会发展到这么严重的地步。——对警察这么说有用吗？不，绝不能提"计划"这两字。

"把发生了的事情照实告诉警察，但是不要提我们三个计划的事情。我们只是正巧在这里碰到了。我和杉下在那次同学会之后就没有见过面，今天我是第一次见西崎，杉下也不知道西崎和奈央子认识。你只是提议了聚餐，被主人邀请来做客而已。西崎从头到尾都是自己一个人在策划怎么把奈央子带走。——这样说，没有问题吧？"

两人都点了点头。只要对这一点守口如瓶，其余的事情照事实说就好了。

我又和他们两个人对了一遍口供，然后便报了警。

后来，我们三个人的口供没有任何矛盾的地方，令人不可思议。

我报警后，一个叫安藤的家伙几乎和警察同时到了。到最后，我和安藤也没有说上话，幸好安藤没有参与这个计划。

西崎为自己所犯的罪行承担了相应的责任。在那次事件之后，我再也没有单独见过杉下。

直到这个时候，我才明白，那次火灾之后她为什么要躲着我。在四年多的时间里，我一直以为她是对奖学金的事情怀恨在心。我真蠢，怎么会这样想呢？她不是那么小心眼的人。

她应该是为了保护我，为了袒护我，为了不让周围的人怀疑我，所以才会避开我的。我不知道，当我看着自己最珍惜的家付之一炬时，杉下是如何看我的？但是，我想，那个时候她对我应该是有一些心动的。

我只想相信，按动四次自动铅笔的意思是，我喜欢你。这样就够了。

十年后

关于十年前的事件，我的确撒了谎。不是跟西崎和杉下合谋串供的那次，而是另外的两个谎言。一个是，当我到那达扇门前时，门外的门链被人拴住了。

另一个与其说是谎言，不如说是刻意保持了沉默。

这只是我的猜测，倒在地上的野口旁边，的确有一个沾满鲜血的烛台，西崎说他用这个烛台殴打了野口的后脑勺，警察对这一点没有怀疑。但是……

作为杀了一个人的杀人犯，西崎的量刑比我们想象的都要轻。这也许是因为那天最后到场的安藤在不断为西崎奔走。

西崎的身上有着从幼年时期就遭受虐待的无数痕迹，尤其严重的是烧伤。我总觉得，这一点应该和西崎的那本《灼热鸟》有关，于是翻开了那天西崎给我的原稿。

读这本小说的时候，我没有简单地把主人公和作者混为一谈，这本小说里的经历不可能完全是西崎的亲身经历，但至少有一部分一定是他经历过的。从书里的只言片语，至少能看出西崎很怕火，怕到看见正在煮土豆炖肉的炉火都会想要逃出去的程度。他应该会害怕蜡烛才对，更何况是点着蜡烛的银质烛台。

这样的人，在情急之下真的会拿起烛台作为武器吗？我记得在烛台附近还有形状差不多的银质花瓶，他用那个不是更合理吗？

如果这么想的话，那么，拿起烛台的人究竟是谁呢？是奈央子吗？

如果是奈央子在野口袭击西崎时，对着他的后脑勺来了一下，那刺伤奈央子的又是谁呢？是西崎吗？如果当时只有这三个人就没有问题了，但偏偏杉下也在场。

她说，她一直待在书房里。报警之前，她还带着我们去书房里看了一下。但是，她为什么没有成功拖住野口呢？我看了书房里那个棋盘上摆着的棋子，跟同学会那天她给我看的棋谱是一模一样的。我已经告诉她该如何破解了，她明明应该可以完全掌控讨论的时间的。

她真的，一直都在那间房间里吗？

如果我去问她的话，她会把事情的真相告诉我吗？

如果她那个时候真的撒了谎，那么，与火灾那次不同，这次她不是为了我而撒谎的。那么，她究竟是为了谁，在隐瞒些什么呢？

我不敢直接问她。要不要先向其他人打听一下呢？我果然和以前一样，还是那么没用。

明明好不容易才有了这样一家小店，十年过去，也许终于可以招待她来吃饭了。

第三章

《灼热鸟》

从我有意识起，我就在这间房间里和这对男女一起生活。

我居住的鸟笼被放置在大房子的一个角落，能看见的只有一张围着淡紫色床帘的床。

除了男人和女人外，我从来没有见过其他任何有意识的、会动的东西。我一直以为我和他们俩是同一种生物，长得也一样。但是对我来说，这并不是什么特别值得高兴的事情。

男人身材高大，皮肤很黑，女人个子小巧，长得很白。看上去男人应该是强势的一方，但是每次发出痛苦呻吟的都是男人。

我爱你，我爱你。

我不知道床帘里面到底发生了什么，只是经常一边听着男人压抑的嘶吼，一边思考着这句话的意思。

我爱你，是什么意思呢？我怎么想也想不明白。这一定是因为，我的世界跟"我爱你"这个词毫无干系吧。我每天要做的事就是吃下女人喂给我的食物，然后在心情好的时候歌唱几句，其余时间就用来睡觉。我的日常生活和"我爱你"应该毫无关系。

因为我从没有发出过像男人那样痛苦的声音。

有一天，我的笼子被放到了窗户旁边。女人说，要给我晒晒太阳。一开始，刺眼的阳光让我完全睁不开眼睛，我只想赶紧回到原来的位置去。但是暖和的阳光晒在我身上，我慢慢感觉到了晒太阳的舒服之处。而且，随着视力逐渐恢复，眼前看到的景色真是太美了。

"外面很美吧。这整个世界都是你的哟。"

女人站在窗边对我说道。

"真好啊。"

我这样回答道，女人微笑着说："不用害怕。"我经常觉得，女人是不是听不懂我说话？女人很无趣，但比起声音难听的男人来说还是要容易忍受得多。

女人看向外面的天空。

"有鸟在飞呢。"

张开双手，在空中流动的生物，那是叫作"鸟"吗？我看向自己的手，那双手又小又白。每次看着男人和女人，我都很疑惑，为什么我会这么小呢？原来，我们不是同一种生物啊。

原来我是鸟。

女人转身看向男人。

"你知道吗？如果有下辈子的话，我想当什么生物？"

男人坐在房间中央的皮沙发上，正打着瞌睡。听到这话，他一下子坐直了身子。

"什么下辈子，别说不吉利的话。"

他有些紧张地变换了一下双腿的姿势。

"我又不是说马上，不过，人最后都是要死的嘛。是说那之后的事情。如果你爱我的话，就应该知道答案吧？"

女人的脸上满是笑容，男人用力吞了一下口水。

"我当然知道啦。你想要……变成鸟，对不对？"

"我就知道！"

女人提高了声音，脸上的笑容在一瞬间消失了。男人的表情也凝固了。

"不，不对吗？"

"果然，你果然根本不爱我！你只是装作爱我的样子。"

女人离开了窗边，向男人逼近，她跪坐在男人的腿上，用双手捧起他的脸。

"你骗不了我的，没用的。"

"为什么要这么说？我爱你啊，要我说几百、几千遍你才会相信？我会给你你想要的一切，我可以抛弃家庭、名誉，我可以把所有的财产都给你！"

"但是，你从来没有为了我感受过身体上的痛苦吧？我可是为了你，忍受着身心都被撕裂般的痛苦呢。"

"关于这一点，我真的很感激你，打从心底里感激……我真的很爱你。"

"那么，就给我看看证据吧。"

"这是你希望的吗？"

"嗯，我真心希望。"

"这样做的话，你就会相信我吗？"

男人靠在沙发上，把自己的身体完全交给了女人。女人一颗接一颗地解开男人衬衫的纽扣，露出了男人黝黑的胸膛。男人的胸口有着黑红色的文身。

我看到了那个图案，非常丑陋。但是女人眯着眼睛，仿佛欣赏着什么极其美丽的事物，用指尖细细地描摹着上面的纹路。

全部抚摸过一遍后，女人从男人脱下的衬衫口袋里掏出了一个打火机，靠近玻璃桌上的银质烛台，点燃了烛台上的红色蜡烛。

伴随着摇摇晃晃的火焰，蜡烛慢慢开始融化。女人拿起烛台，将融化的蜡滴在男人胸口的文身上。

男人的表情一下子扭曲了，发出了痛苦的喊声。

还是那句经常听见的台词。

我爱你、我爱你、我爱你。

"我也爱你，发自内心地深爱着你。"

女人将烛台放回桌上，用雪白的牙齿和鲜红的舌头清理着男人胸口凝固的蜡，一边也反复低语着"我爱你"。

这就是"爱"吗？这两个人每天在床帘里，就是在做这样的事情吗？他们看上去都很痛苦，既然如此，为什么要执着于寻找"爱"呢？"爱"是生存所必需的东西吗？

我不懂，也许是因为我是鸟吧。

我的身体长大了一点，女人开始允许我在房间里自由活动。虽然晚上还是要回到笼子里睡觉，但是可以在桌子上吃饭，能够在房间里自由地活动身体。所以，一旦他们开始进行那件关于"我爱你"的事情时，我就会躲到床里面去，不去看他们在干什么。

也是在那段时间里，男人消失了。

有一天早上，男人说，我去买包烟，然后就离开了。

那天晚上，女人像疯了似的，拿着烛台在家里如同狂风暴雨一般地砸坏了几乎所有能砸的东西。玻璃桌被砸出了裂缝，淡紫色的床帘也被她撕裂了，我躲在笼子的一角，不敢发出任何声音。我不停地祈祷男人能赶快回来，这样一来，暴风雨就会停歇。但我内心也有种预感，如果男人回来的话，也许会发生更糟糕的事情，渐渐地，我内心的祈祷变成了："快逃吧、快逃吧。"

暴风雨般的发作持续了一晚上，女人的情绪渐渐收敛，变成了阴沉的小雨。女人横躺在床上，无声地哭泣着，也许是喊了太多遍男人的名字，她的嗓子已经哑了吧。正值秋季，窗外冰冷的雨滴答作响，仿佛永远也不会停歇。

雨一直下到了第二天早上，雨声伴随着窗外微弱的阳光，一同漏进了安静的屋子里。我睡得很浅，立刻惊醒了，感觉肚子非常饥饿。这个时候我已经基本学会怎么用语言和女人沟通了，很轻易就可以让她明白我饿了。

"给我吃饭。"

只要这样说，她就会一脸高兴地把食物放到我面前。但是大多数时候，在我主动要求之前，她就会把食物准备好。

但是，这个时候她应该已经没有能力关注这些了。透过裂开的床帘，我看见她的背影还在微微颤抖。她穿着蓝色的丝绸睡衣，随着她身体的颤抖，丝绸如同海浪一般律动着，如同一曲悲伤的舞蹈。看着她的样子，我决定暂时忍耐饥饿。

这一忍耐就又是一天一夜，我的喉咙渴得要命，饿得几乎想吐，在我的视线都开始变得模糊时，笼子终于被人打开了。

"对不起。"

她这样说着，一边把水端给我喝。

她用一只手将浸过冷水的手绢敷在眼睛上。我想，她一定是忘记了我，等到想要起床敷眼睛时才顺带着想起我来。但是，如果女人也跟着男人离开这个家的话……

我第一次意识到，我想要活下去需要依靠这个女人。

快三天了才终于吃上饭，我狼吞虎咽着。女人用她红肿的眼睛盯着我一直看。

"真漂亮，真漂亮啊。"

是说我吗？"漂亮"这个词，男人以前经常对女人说，女人偶尔也会使用这个词，使用的对象一般是男人送的礼物，比如花、小石头什么的。我想，也许我也是男人送给她的礼物之一。

"你爱我吗？"

这句话是她以前经常问男人的，而这间房里现在只有我和她，第一次，被询问的对象变成了我。我很困惑，但还是急忙咽下嘴里的食物，回答道：

"我爱你。"

第一次说这句话，我不知道女人听不听得懂，担心地抬头偷看了她一眼，女人弯了弯肿得只有原来一半大的眼睛，看起来很高兴。

太好了，看来她听懂了。

"好了好了，不用这么着急回答呀，要细嚼慢咽，不然容易呛到的。来，再多吃一点吧，可以再添一碗饭哦。从今往后，我就光做你喜欢吃的东西给你吃。"

女人摸摸我的头，我慢慢地喝着水，感觉到喉咙里没有嚼碎的谷物颗粒随着水一起进入我身体里。我想，这样就足够了。

你爱我吗？对这个问题如果回答得不够迅速会怎么样，我以前曾经目睹过多次。女人昨天发疯时，那个烛台被她扫落到地上，现在已经滚到了床底下。如果不想看到那个烛台点上火，不想被它的火焰烧到，就必须干净利落地回答女人的问题。

但是，"你爱我吗"以外的问题更加需要小心。不管回答得多么干脆，只要没有说出女人心中期待的答案，女人就一定会发出崩溃的尖叫，大喊着让我看看证据，然后去点起火吧。

以前，我就能隐约分辨女人想听的答案是什么。当男人谨慎地挑选着回答的词汇时，我总是在一旁听着，经常失望地想"他又答错了"。我甚至怀疑，那个男人难道其实很喜欢被火烧？不会是故意答错的吧？

但是我还是有点担心，我担心女人不能完全理解我说的话。

男人离开了几天以后，女人把笼子扔了出去，我开始睡在女人的旁边。

女人把裂开的淡紫色床帘换成了蓝色的新床帘，还为我准备了专用的柔软枕头。

第一次和女人一起睡的时候，女人一直用指尖轻轻抚摸着我的身体，哄我入睡。但是我很担心，如果我睡着了，会不会被女人翻身压死？那一晚上，我都不知道自己到底睡着了没有，半梦半醒地等到了天亮。但是女人睡得很安分，跟入睡前的姿势几乎一模一样，让人不禁怀疑她是不是死了。从那天以后，我就可以安心入睡了。

我在女人身边吃饭、睡觉，如果她问我爱不爱她，我就毫不犹豫地说爱。她问我"喜欢什么曲子？"我就回答："第三首。"她就会高兴地摸摸我的头，说："我也是。"

日子就这样一天天过去。

刚离开笼子的时候，我觉得这间房子非常大，但时间一久，房间仿佛变得越来越逼仄。女人偶尔会离开家，但从来不带着我。

"这间房子以外的世界里，充满了丑陋的东西。那些东西你不可以看，就在这里乖乖等我回来吧。"

她总是这样说着，然后锁上门离开了。我身体太小了，又没有力气，别说开锁了，连门把手我都转不动。如果能够把窗户打开的话，身为鸟的我应该就能飞出去了，但是女人出门的时候一定会把窗户也锁上。即使她在家的时候，也不允许我单独靠近窗边。

"这里很高的，如果摔下去那可就不得了了。"

我想，我是鸟啊，不会摔下去的。但我什么也没有说，只是点了点头。即使是笑容满面地依偎在一起时，如果男人反驳了女人的话，也会立刻被蜡烛烫。

天上的星星和地上的星星相比，肯定是地上的星星更美呀。女人曾经这样说，男人却反驳说，天上的星星更加浪漫。只是说了这一句而已。

我对外面没有那么强烈的向往，也不必为此冒着被烫伤的风险。在房间里，也能看见外面。但是，那片蔚蓝澄澈的天空，仿佛是另一个世界。我想，那一定是为了掩盖那些丑陋的东西，而被悬挂在窗外的一片窗帘吧。

那天晚上，我感到背后一阵战栗，猛地惊醒过来。

睡觉时从来一动不动的女人，把手伸进了被子里，正在抚摸我的身体。她不是第一次触摸我，哄我睡觉的时候、听音乐的时候、无所事事心情愉悦的时候，她都喜欢摸摸我的头或者身体，我不讨厌她这样做。

但这次不知道为什么，她碰到的地方让我起了一层鸡皮疙瘩，我想都没想就挥开了她的手。

"为什么要这样？"

她用低沉的声音说道。糟糕了，我立刻反应过来，但是已经晚了。

"为什么要这样？你不是爱着我的吗？"

她摇摇晃晃地支起身子，掀开我的被子，用双手按住我。

"我爱你。"

我忍耐着几乎无法呼吸的窒息感，拼命说出这句话。但她已经听不见了。

"说这种话骗我也是没用的，你这个骗子。如果不爱我的话，为什么一开始不直接告诉我？你是不是为了折磨我，故意欺骗我然后背叛我？那你也滚啊，跟那个男的一起滚吧！"

一边说着让我滚，女人却一边用全身的力气，紧紧地用双手按住我。如果我现在表露出一丝一毫想离开的意思，她一定会杀了我的。我突然产生了这样的念头。

男人真的还活着吗？

"我爱你、我爱你、我爱你！"

我像念诵祈祷咒文一般，用仅剩的力气不停重复着这句话，希望这种痛苦能早点结束。有温热的液体从我眼睛里涌了出来。我一直以为，只有女人才会流眼泪。

原来鸟也会流眼泪啊。

女人把手松开了。

"对不起。我不是故意想让你伤心的。"

我大口喘着气，慢慢地看向女人，发现她也正在哭泣。但是，我的眼泪和她的眼泪应该不是一种东西。我的眼泪是因为恐惧而流的。她用指尖轻轻拭去我的眼泪。

"你爱我吗？"

"我爱你。"

她最后一个音节还没有落地，我已经快速回答道。

"我很高兴。但是，单凭语言，我已经不能再继续相信你了。——给我看看证据吧。"

她要点火了。我立刻从女人手下钻了出来，躲到了床

125

底下。

"我饶不了你！"

女人尖叫着，努力往床底下探着身子，想把我抓出来。可是床底的缝隙很小，女人钻不进来。而且床也很重，凭女人的力气既抬不起来也推不动。我躲在床底正中央，无论她从哪个角度伸手都够不着我。

但是，我的身体还在不停地发抖。

女人大喊着"我饶不了你"，一边拼命地用两手锤床。我知道，女人就是这样折腾上一整晚也不会累的。床底下全是灰尘，我几乎喘不过气来，但是只有这里能让我不那么害怕，看来今晚我只能睡在这里了。我慢慢闭上眼，堵住了自己的耳朵。

我多么希望这只是一场梦啊，等我睁开眼，我又会回到柔软的床上，女人还在我身侧，保持着同样的姿势熟睡着。如果这样该有多好，求求了，请让一切回到这副样子吧。

——我知道，事情不可能会这么顺利。我隐约感觉天亮了，一边祈祷着一边睁开眼，却正对上了女人的眼睛。那是一双赤红充血的眼睛。她一晚上都这样盯着我吗？还是察觉到我醒了？

女人突然笑了。

"早上好。睡得怎么样？有心情给我看看你的证据了吗？"

看来不给她看证据，她是不会放过我的。我再一次闭上眼再睁开，这个事实也不会改变。

是忍受烫伤，还是被杀？

我只能狠下心，选择做一只没有感情的鸟儿。

你爱的证据比我想象的更美呢。

男人的皮肤太黑了，只能留下黑红色的痕迹，你的皮肤这么白，可以留下鲜红的印记呢。你看，这是一个心形呢。等我把你全身都留下爱的证据，我就相信你是真的爱我。

雪白的身体上留下的丑陋疤痕，那无法成为爱的证据，只是记录了小鸟获得食物的次数。女人用留下爱的证据为代价，给小鸟提供食物。饿到极限的小鸟，出于求生的本能，主动投向女人准备的火焰之中。

它只能在烈焰中生存。

食物在烤炉里。

为了生存，为了饲料，它主动走向了烧热的烤炉之中。怎么会有这么愚蠢的生物呢？不，比起一寸一寸地被火烫熟，能够干脆地在烤炉中一瞬间被烧死，这或许反而是一种幸运。

要被烧多少次，才能从这个灼热的地狱中解脱？到那个时候，小鸟还会活着吗？

这种折磨突然在某天结束了。

男人回来了。男人跪在地上，不停地向女人磕头，求女人再爱自己一次。小鸟用毛毯裹住自己，藏在房间角落里观察着男人。

男人为什么要回来？鸟理解不了这一点。他已经忘记了火焰的热度了吗？

无论男人如何恳求，女人都不肯再接受男人。她一眼也不看男人，一句话也不说。

"我爱你、我爱你、我爱你。快让我给你看证据啊，你不肯说的话——"

男人把红色的蜡烛安到烛台上，点起了火，用一只手感受了一下火焰的热度，然后拿起了烛台——猛地压到了一直不肯看他的女人的脸上。

女人发出了凄厉的惨叫声，然后便倒在了地上。发生了什么？抹杀了自己感情的鸟明白，女人的心也死了。

男人抱起了女人。

"这样一来，世界上会爱你的男人就只有我了。不，以后该换你来爱我了。啊，快说你爱我，快给我看你爱我的证据。那样的话，我也可以发自内心地爱你。"

男人把女人放到床上，往小鸟的方向走来。男人打开小鸟裹在身上的毛毯，倒吸了一口气。小鸟身上全是红色的疤痕。

"对不起，都怪我。因为我承受不了她的爱，因为我放弃了她，没想到受惩罚的人却是你。"

男人流着泪，用力地抱住了小鸟。

"从今天开始你就自由了，你想去哪里都可以。忘了我们吧，但千万不要觉得你被抛弃了，因为你是由一对追求极致之爱的男女所生下的。爱的证据根本不是那种愚蠢的行为，而是你啊。"

可是，不管男人怎么说，小鸟也根本就听不懂男人的话。它只觉得，肚子饿得难以忍受，眼前却没有它可以跳入的灼热地狱。

它终于要死了吗？

灼热鸟只能不停地鸣叫着。

我爱你。我爱你。我爱你。我爱你。我爱你……

会客室在这栋共有 52 层楼的高级公寓的最顶层，这里离地面有 210 米高。但是，不管在多高的地方，只要视野里有遮挡物，你就不会觉得自己的脚下就是世界的尽头。说出这句话的男人此刻应该正在四层楼下的一间狭小封闭的房间里，认真研究着棋盘。

为了野口贵弘。

如果没有在"野蔷薇庄"度过的学生时代，我一定会发自内心地尊敬这个人。成功需要的是 5% 的天才和 95% 的努力，这个男人正是一个以自己久经历练的能力为武器，勇于挑战任何困难的人。也只有这样不懈努力的人，才能把周围那些能力不如自己的人都当作自己的棋子，毫不吝惜地彻底利用他们，在这个世界里开辟一条属于自己的道路。

我曾经也想成为这样的人。

从懂事起，我就隐约明白，自己的能力比周围的人都要出众得多。岛上的老人们喜欢称呼我为"神童"，但我觉得并不是这么一回事。

我的能力不是天生的，而是我努力的结果。

无论是学习还是运动，我从来没有输给任何同龄人过。但是，这还不足以让我满足。在这种乡下的公立学校，就算每次都考第一又怎么样呢？就算当上足球队队长又有什么了不起的呢？我的努力必须对我的将来有所助益，这样才不算白费。

但是，在这座人口不到三千人的小岛上，我并不知道我的努力能够得到怎样的回报。至少我知道，我必须先离开这座小岛。

在这座小到天气预报都会直接被跳过的岛上，无论如何积蓄能力，都找不到用武之地。我必须在那种不进则退的广阔世界里不断挑战自我，不断追求更高的目标，这样我的人生才有意义。

高中毕业后，我决定去岛外继续读书，我父母对此完全支持。我父母都在岛上的政府机关工作，所以经济上没有什么后顾之忧。我们家有一儿一女，而我是长子，所以我有点担心他们会要求我毕业之后必须回岛上支撑家庭。父母却对我说"我们不会不让你回来，但你也没有义务一定要回来"，将我送出了小岛。

他们这么一说，我反而觉得更加不能给他们多添负担，所以选择租住在一间已经有 72 年历史的木造老公寓里，那里唯一的优点就是离学校很近，其余的地方只能说足够遮风避雨而已。

"野蔷薇庄"——听起来是个时髦的名字，但其实只是取自房东"野原"这个姓氏的谐音 [①]。

我早就知道，这里的房租非常便宜。我有一个开车的同学，他告诉我，因为我们学校在东京的中心位置，如果住在距离学校车程一小时内的高级公寓的话，光停车费就要比这里的房租还贵——知道这点时我还是非常惊讶的。

这间便宜的破公寓在我入住的第三年迎来了意外的考验——大型台风在附近登陆，不光地板全被水泡了，连屋顶都被吹飞了一部分。这件事也成了我认识那群家伙的契机。

杉下希美，她是那种最普通的女大学生。我在研究室彻夜学习回来时，有几次在公寓外面遇见过她，所以我大概知道她总是早上才回来。直到台风那天我才第一次和她搭上话。虽然我觉得，跟她打交道完全没有什么好处，但正巧我们俩的名字一样，又都是小岛出身，我心里对她总有一些莫名的亲近感。

西崎真人，他有着一张明星般俊美的脸。我们认识的第一天，他对我谈起了谷崎润一郎，说他的目标也是成为文学作家。后来他还把自己最得意的一部作品拿给我看了。

"我感觉你们应该能理解我的作品。"

---

① 译者注：日语中"野蔷薇"和野原一词同音。

他也这样对杉下说过，并把作品给杉下看过。我总觉得他说这话是因为我们是乡下人，隐隐地有一种看不起人的感觉，让我很不高兴。但毕竟是同住一个屋檐下的人，我决定还是看看开头的几页。

小说的名字是《灼热鸟》。

从西崎那收到原稿的几天以后，他邀请我："今晚要不要一起喝酒？"自从台风那次以后，我们一起喝过几次酒，相处得越多，我越肯定，我跟这家伙合不来。读了他的原稿之后，我就更这么觉得了。我本来想拒绝，但他说"我也叫了杉下"。这样的话我倒是也可以参加，因为可以吃到好吃的食物。

这是我们第一次在西崎家里喝酒。

西崎准备了红酒和啤酒，我带上了老家寄来的火腿。杉下正忙着将醋渍煎鱼和土豆炖肉之类的小菜装盘，旁边的西崎已经打开了便宜红酒的瓶盖，自顾自地喝了起来。

榻榻米上铺了地毯，我在地毯的一侧坐了下来，杉下递给了我一个杯子。西崎问我喝啤酒还是喝红酒，我回答喝啤酒之后他便打开冰箱，拿出一瓶起泡酒给我倒上了。

"安藤，欢迎你到我的书房做客。"

"啊，谢谢。等一下，书房？"

我看了一眼这个十来平方米的房间，硬要说书房的话也勉强称得上。房间的角落里有一张很大的书桌，上面放着钢笔和写到一半的原稿纸，书桌旁边放着一个书架。书架上摆着的全是文库本，大约有个五十册。一个自称要当作家的人，家里才这么点书，是不是太少了点呢？但我也不知道他这个所谓目标到底有几分是认真的。

　　书架的中层摆放着一台笔记本电脑和一台打印机。他给我的原稿是打印出来的，看来就是在这里打印的吧。但是，这些原稿纸是怎么回事？

　　"西崎，你的原稿是手写的呀？"

　　"我真是太高兴了，你这么快就打算跟我聊原稿的事情了。杉下来了之后就只顾着聊什么要考浮潜资格证的事情。"

　　"女大学生的生活就是这么轻松呀。"

　　我看了一眼杉下，担心我的话听起来会不会太像是在讽刺她了。但她看起来不太在意，正往自己杯子里倒着红酒，一边研究着我带来的火腿外包装上附带的小食谱。

　　"我的原稿一贯都是手写的。打字根本就无法给小说注入灵魂。但是，最近的一些文学奖征集都要提交 Word 文档或者要求用软盘提交，所以我都是先用手写，再一边修改

134

一边录入电脑里去。不过这样也不坏吧，不然我也没法把原稿给你们看，征求你们的意见了。其实，除了投稿外，这还是我第一次把自己的小说给别人看呢。虽然我们才熟悉起来不久，但我总觉得你们应该会懂我——那么，你们觉得怎么样？"

西崎似乎是为了听取我们对他作品的评价，才特意召集这次聚会的。虽然来之前我就隐约猜到了这一点，但又觉得，自己写的小说这么敏感的东西，一般人可能不太会愿意当面听别人的意见吧。这个家伙那张漂亮的脸上明显写满了兴奋和期待，只能说，人和人的价值观还真是不一样呢。

"其实，我才刚看了个开头呢。"

"什么啊，你也是吗？"

也？我看向杉下。

"对不起呀，我最近有点儿忙。"

杉下轻飘飘地向西崎道歉，看起来并不觉得自己真的有什么对不起西崎的地方。一看就很轻松的女大学生究竟有什么可忙的呢？是联谊吗？还是去约会了？恐怕也没有什么大事，只是觉得看他的原稿这件事很麻烦吧。我其实也读得很痛苦。

"没事，那就讲讲看过的部分就好。正好我也想多讨论几次，详细地听一下你们关于细节的感想。"

西崎拿起一根切成长条的黄瓜，一边嚼一边说道。细长的杯子里放着切成长条的黄瓜、胡萝卜和芹菜，看起来像鸟的饲料？不，说回鸟的事吧。

"我刚看到'我不懂，也许是因为我是鸟吧'那个地方，怎么说呢，我不知道那个女人有多美，但是这个男人被这种任性又傲慢的女人牵着鼻子走，看到这个设定我已经不太能接受了。有人看着鸟问你，猜猜我转世想变成什么，正常来说谁都会回答鸟吧。其实那个女人就是有变态的癖好，不管回答什么她都会故意刁难。我看到这里就只觉得，这群闲得无聊的家伙爱干什么就干什么吧。"

虽然我只看了一小半，但我感觉这样的东西看完也没什么用。这可能和作者本人的性格有关系。对我来说，人生最重要的东西就是努力和上进心，而这个故事里丝毫没有体现这些，当然西崎身上也没有这两样东西。

"很安藤式的意见呢。杉下你怎么看呢？"

"我也看到了差不多的地方，但我的感受和安藤不太一样呢。女人虽然也很过分，但应该不是在故意刁难吧？那种性格偏激的人，即使转世之后，应该也不会想要成为鸟吧。我想，她可能是真的很失望。"

"原来如此，很有趣的想法呢。那，你觉得女人期待的答案是什么呢？"

"人。你转世之后还是想成为现在的你，之类的吧。"

"有趣的解释。"

"不过，西崎你其实也没有想好女人心中的答案是什么，对吗？能不能猜中其实不重要，对女人来说，能够全盘接受这种无理要求的，才是真正的爱。你想表达的是这个吧。"

"真不错啊，杉下，只读了前半部分，你就理解了我这个故事想表达的东西。你居然这么理解我，你不会是喜欢我吧？"

"很遗憾。你长得好看过头了，我放弃。而且，能猜到西崎在想些什么，可不代表我也是这么想的。这是两回事。我也不觉得故事里这个男人有哪里像西崎的。"

是这样吗？我还以为西崎有那种癖好呢。不过，越是无聊的家伙，越是能一本正经地谈论这些无聊的事情呢。

"那么，对杉下来说，爱是什么呢？——让我换种说法吧，极致的爱是什么？"

学文科的家伙们都热衷这些东西吗？就不能讨论点更有价值的事——

"共同承担罪恶。"

杉下低语道。西崎说出这样的话不奇怪，但我还以为杉下会是个靠谱的人呢。真是一场无聊的讨论，反而激起了我的胜负欲，让我想要驳倒他们，可别小看理科生啊。

"说得好听，初高中的小鬼一起去偷东西，然后在手拉着手一起逃跑的过程中感觉更刺激了，和这个不就是一回事吗？完全就是低级的爱而已。"

"你说的是共犯吧。共同承担的意思是，不被任何人知道，分担对方一半的罪恶。不被任何人，当然也包括对方。只是承担罪责，然后默默离开。"

"这不叫爱吧，顶多算是自我感动。如果什么也不说，只是承担了对方的罪恶，那对方不是一辈子也不会明白自己犯了什么罪过，一辈子都是个坏人吗？如果是我的女朋友犯了罪的话，我是绝对不会包庇她的。因为包庇她是不对的。"

"那么，你要向警察举报她吗？"

"我会和她一起去自首，然后尽可能帮助她。"

"如果她进了监狱呢？"

"我会等她。然后和她一起重新开始。"

"安藤，你现在还没有女朋友吧？"

"我可不像你这么闲，我是有很高的目标的。而且，不管发生什么事，我绝不会轻易动摇自己的意志的。"

"嗯，还挺帅气的嘛，这种感觉。"

杉下漫不经心地说了一句，接着站了起来，接过我手上的火腿，端着它走向了厨房水槽。这是被我驳倒了的意思吗？我总觉得这个话题还没有彻底说清楚，但是西崎递了一根芹菜条给我，说道：

"安藤你还挺热血的，真有正义感啊。不过，女朋友倒还无所谓……那么另一种感情，如果犯罪的人是你的家人，你也会告诉警察吗？家里的人犯了罪的话，也会对你有影响的哦。我看你很想去个好公司，想出人头地，你真的能下得了决心把这一切都毁了吗？"

"我家里人都是很正派的人，以后也不会走歪路的。就算以后要结婚，我也绝不会爱上那种会犯罪的人。"

"真美好啊，安藤的人生。不过，现实生活里的杉下应该和安藤是一样的人吧。说到底，所谓'极致的爱'，也只存在于虚构的世界里吧。——等等，杉下你在干什么！"

西崎突然脸色大变，我仔细一看，杉下正用叉子叉着火腿的两端，站在瓦斯炉前。

"食谱上说这个火腿用平底锅煎一下的话会更好吃，西崎你家里也没有平底锅，我就想直接在火上烤烤试试。"

"不用了，快住手。火腿直接切开吃就好了，这种好火腿直接吃就足够美味了。"

被人嘲笑小说写得很差时，西崎依然可以谈笑风生，他怎么会为了几块火腿这么紧张？我之前还以为他是素食主义者，现在看来并非如此，杉下做的醋渍煎鱼他也很爱吃。我也很爱吃煎一下的火腿，但我也赞成西崎的意见，比起杉下那种野外露营一样的吃法，还是直接切开吃更安全。

"——所以，西崎，你那本《灼热鸟》的评选进行得怎么样了？"杉下问道。

"负责初审的评委们，看样子都是些不理解极致之爱的家伙呢。"

"是吗，没通过初选呀。辛苦你了呢。"

我们举杯和西崎碰了下，廉价的玻璃杯发出的声音听起来仿佛也格外空虚。

我居然为了连初选都没有通过的作品而浪费了宝贵的时间吗？我应该不会再继续读那部小说了，连现在这样和他们坐在一起，都像是在浪费我的时间。

我本来打定主意，再也不与杉下和西崎接触了。但是没过几天，我又不得不和他们一起工作，因为漏雨的屋顶需要人去修理。

最近都是晴天，所以我没有注意到，台风来的时候把屋顶吹飞了一部分。房东住在一楼最里面的那间房，我去找房东希望他能把屋顶修一下，谁知道老爷子拿出了工具箱，一副准备亲自上阵、爬到屋顶上去修理的架势。我目瞪口呆，他居然不打算请修理工来吗？但是不管怎么说，也不能让这位已经年过八十的老爷子去爬屋顶，万一出了什么意外可怎么是好呢？所以我向他借来了工具，打算自己去修。

杉下大概是从窗户里看见了我，她说"毕竟台风的时候受了你的照顾呢"，主动提出要给我帮忙。出于同样的理由，西崎也从房间里走了出来。说实话，我觉得这两人谁都不像是能帮得上忙的样子。

结果，最没起到什么作用的人，居然是我。

爬到屋顶上，把漏雨位置的钢板掀开，往里面钉上木板进行修补，补好之后再把钢板盖上。这是修补屋顶的流程，而这项工作要先从把我们买来的木材切成合适的大小开始。

"安藤，你这样对着木材上的节子一直锯的话，刃会崩坏的。你不是学理科的吗？"

"我是理工学部，化学系的。"

"好啦，还是我来吧。"

　　杉下从我手上接过了锯子。刚才我花了足足五分钟，才切了1/3的木材，在她接手之后，不到一分钟就完成了我刚才的工作量。西崎拿着锯好的木材，从二楼的梯子爬上了屋顶。

　　"喂，西崎，你会钉钉子吗？"

　　"别瞎操心了，我手很巧的。"

　　我的好心询问，只换来了对方漫不经心的调侃而已。

　　说话间，杉下已经又锯好了一块木板，递给了我。

　　"安藤，这些木板应该够用了，你把这块也拿到屋顶上去钉上吧。不过，我看你应该也不会钉钉子，钉子的数量不多，不能浪费，这活还是让西崎去干吧。我看，你干脆去准备一下午饭？这个也不行。上次我还看你把鱼干烤焦了，明明你用的还是烤箱呢。——这种时候安藤能干点什么呢？"

　　我从来没有被人这样羞辱过。

　　"初中毕业以后我就没有用过锯子了好吗，又不是每个乡下人都会自己做木工的！就算你正好会这些事情，又有什么可得意的？"

　　"我不是这个意思。我只是看你用锯子用得实在太蹩脚了，想着那就不如让我来做效率会更高。而且，这和是不是乡下人又有什么关系？你看，那个看起来最不应该会做这些事的人，现在不是干得正起劲吗？"

我抬头望去，西崎正单膝跪在屋顶上钉着木板。那家伙即使是这种姿势，也看上去极其做作，令人不爽，但锤子敲击的声音富有韵律，听起来很舒服。

"拜托，快帮我把木板拿上来，在上面待太久我会晒黑的。"

西崎扯着嗓子喊道。什么晒黑啊，不过，他的确连夏天也会穿长袖。

"马上来，马上来。"

杉下又重新拿起了木板，但被我一把抢了过去。我不能接受被这家伙小瞧。可锯子的锯齿很快又卡住了。

杉下将木板抢了回去，"为什么你非要从节子那里锯呢？"

"要把两米长的木板平均切成四块，那每块就应该是50厘米！"

"既然50厘米的地方正好是节子，那就没必要这么精确吧，又不是要制作什么模型，稍微挪一下不就好了！"

她话音未落，木板已经锯好了。

最后，我还是只负责了把杉下锯好的木板送到屋顶上去交给西崎这点事。等我们全部弄好之后，野原老爷子给我们买来了寿司。因为他买的好像是什么派对套餐，所以我们得三个人一起分着吃。

杉下邀请房东和我们一起吃，但他说自己的那份也单独买好了，还给我们看了一下他手上另一个小一点的盒子，里面装着的寿司看上去比我们这份要便宜不少。

我们决定去杉下的房间里吃东西。我们坐在没有围被子的被炉旁边，一边喝着煮开后又放凉了的茶，一边分吃着寿司。

"老爷子也真是，为什么不把这栋楼卖了，搬到那种有养老服务的公寓里去住呢？虽然楼已经破旧成这样了，但是土地价格应该还是很贵的吧。"

我说起了一直很在意的话题。

"好像也有人想要买这块地，但是房东爷爷都拒绝了呢。"

"为什么？这不是挺好的机会吗？"

"自己住了几十年的地方，怎么可能这么轻易就卖给别人呢！"

"是这样吗？"

"安藤，如果你有一天回来，突然来了个陌生人对你说，好了，从今天开始就请你从这里搬出去吧，然后把他自己漂亮的梳妆台放进你房间里，把你的东西全都丢了出去，你会怎么想？"

"这种事不可能发生。不过，万一真的发生了，只要走了正规的手续，也没什么问题。本来我也不打算再回岛上，心里惦记着这些小事，怎么能在这个世界上有所发展呢？"

"世界啊，真厉害，我很喜欢你这种有野心的人哦。不过，安藤你除了学习和踢足球外，好像也没有什么别的长处吧，这样行吗？"

"什么叫没有别的长处啊？整天谈论什么浮潜之类的爱好，不付出努力，每天晚上出去玩到天亮才回来，你们这些女大学生有资格这么说我吗？你知道我有多努力吗？那你倒是说说看，杉下你又在什么地方努力了呢？"

"我没有什么了不起的，所以我也不是在贬低你。只不过，会学习、会踢足球，这些虽然都很厉害，而且我相信安藤你一定能实现你的梦想，进一个大公司，做个大人物。但是这种事在全世界都能行得通吗？在日本的话，我的确是比不过安藤你，但是如果把我们都放在无人岛上的话，情况就会不一样了吧。"

"为什么我要去什么无人岛啊？被流放？这根本就是不可能的事情。"

"我也说不清楚。"

杉下看了看西崎。他不是喜欢吃蔬菜吗，这种时候干嘛不去吃黄瓜卷？趁我和杉下说话的工夫，好吃的寿司都被他挑着快吃光了。

"你们对'世界'的认知看来不太一样呢。安藤眼里的世界，只有英国、美国这些经常能在儿童套餐上看到国旗的先进国家吧。不过，安藤确实也是能够在这些地方大展身手的人，这样也不错吧。"

我的人生凭什么被这样的家伙们看不起？我十分火大。我不过是不会用锯子而已，有必要被人这样说吗？这家伙嘴上说着要当什么作家，但其实只是不去找工作，每天稀里糊涂地混日子，这种人有什么资格说我。

我重重地把茶杯放下，发出砰的一声，但是西崎一点儿也不在乎，若无其事地继续说道：

"而且，杉下每天早上才回来是去打工了。不是那种不正经的工作，而是重体力的辛苦活，她想考浮潜证也是为了工作。希美为了不给家里人添负担，可是很努力的。——这些你都清楚吗？杉下和房东爷爷是将棋棋友，我也经常和老爷子一起喝茶，所以杉下的这些事情我很早就知道了。顺便告诉你，这栋房子是老爷子做木匠的父亲亲手搭建的，在战争期间，他也和母亲一起守在这栋房子里。他结婚以后没有孩子，所以把这里的住户当成自己孩子一样。老爷子大半的人生都在这里度过，十年前他老伴也去世了，你觉得他如今这么大年纪了，会舍得把这里卖出去吗？是吧，杉下？"

"就是就是，西崎你也知道这些事呀。"

"因为我喜欢和人打交道嘛，而且，我是个无家可归的人，我很喜欢这里，虽然没法像杉下你这样经常给他送东西吃，但我也想尽力照顾一下房东爷爷。总而言之，安藤，你们好好相处吧，我的截稿期快到了，我得先回去了。你们单独相处的时候，向杉下道个歉如何？"

西崎把金枪鱼中腹寿司一口吃掉，然后就回去了。

我还是有点生气，但确实，我也有不对的地方，于是我向杉下道了歉。杉下也向我道歉，说自己说得太过分了，一脸若无其事地改变了话题。

"要不要下将棋？"

于是我跟着杉下开始学起了下将棋，这是我此前的人生中从未接触过的娱乐活动。

我要打倒杉下。——只要我学会了将棋的规则，杉下这样的人，一定很快就会输给我。我是这样想的，但我完全不是她的对手。西崎嘲笑我："你还真会选对手呢。"但是我已经渐渐学会不把这家伙的话往心里去了。

我关注的只有杉下。她似乎想顺便教我，下棋时总是一边念叨着"穴熊""美浓围"等将棋战术的名称。这让我觉得更屈辱了，每次我都拼命盯着棋盘，一心一意地构思着破局的战术，而杉下总是一边漫不经心地闲聊，一边飞快地移动棋子。

还有另一件事，也是在杉下的邀请下，我才开始学习的。

"西崎，我听说你的新作又在初审就落选了？"

她又在聊些无聊的话题，顺着这个话题，她提起了另一件事。

"安藤，你有没有兴趣和我一起去浮潜呀？"

我既没有这个时间，也没有多余的钱。我经常要泡在研究室里学习，还要去打工。虽然不至于为生活发愁，但也没有那种出去玩的闲暇。再说了，杉下不是勤劳打工的女大学生吗？我甚至还为这个向她道过歉，结果她怎么还是满脑子都是玩啊。

要是有空的话，我模糊地回答道。日子一天天过去，我还是老输给杉下，然后又因为输了而喝闷酒。后来，我也决定去杉下打工的清洁公司面试。

浮潜的事也没人再提起过，杉下大概也忘到脑后了吧。

打工的面试当场就通过了，那家公司按照日薪结算，工资也很高。我负责了几次清洁公司的常规清洁业务，基本都是给正式交付之前的公寓楼或者深夜的办公楼做清洁之类的工作。有一次，公司派出了所有员工，去给一栋有50层高的新公寓楼做各个房间的彻底清扫。那天，我和杉下两个人一起负责打扫最顶层的房间，杉下工作比我麻利多了，打蜡的速度甚至是我的两倍，此时却站在窗边，愣愣地发呆。

"你该不会有恐高症吧，吓得动不了了？"

"不是的。我是在想，要是能住在这么高的地方就好了，我很喜欢高的地方。我一开始做这份工作，其实也是因为想做那种给高楼大厦清洁玻璃的工作呢。不过进来之后才知道，女孩子不能做那个。他们说，如果我努力多吃一点，让体重涨到50公斤以上，就让我试一次，但是我怎么吃都长不胖，我都已经放弃啦。"

"你这么喜欢擦窗户？"

"因为我感觉，在那种没有任何围墙的地方，更能体会到自己正身处高处呢。"

我听人说，烟和笨蛋都喜欢往上走。我忍不住拿这句话逗乐她一下，因此失去了打听她究竟为什么对高处有执念的机会。

我们还是拿到了浮潜证书，一共两个周末，只花了四天时间就拿到了手。

清洁公司替我们出了七成的培训费，然后要求我们下一周参加东京湾的清理工作。原来叫我去清洁公司是为了这个，我感觉自己彻底地被骗了。杉下邀请我夏天一起去冲绳潜水，为此还特意报名了保护珊瑚的志愿者组织，但也不知道我们最后能不能去得成。

因为我那时已经开始找工作了，虽然已经有几家从事化学相关业务的公司表示过对我感兴趣，但是我认为，想要在世界上有一番作为，就一定要选择综合型的大公司。所以我的目标只有一家。

"志愿者活动什么的，写在简历上的话不是挺加分的吗？而且安藤你想去的这家公司好像也有支持这个保护组织。"

听杉下这么说，我便试着在简历的"其他"这一栏里写上了这个志愿活动。结果令人惊讶的是，面试的时候，面试官很深入地询问了相关的问题。本来，出身乡下小岛可能是我的劣势，但有了在东京湾做清理工作的经验，结合老家的小岛，我就海洋环境问题侃侃而谈了起来。

这家公司就是 M 商社，也是我第一志愿的公司。我进入的是营业部，但工作还是和我学习的理科相关。我觉得，拿下这个内定当然是我的实力决定的，但不得不承认，杉下的帮忙也起了一定的作用。

为了感谢她，我咬咬牙，邀请她一起去冲绳旅行。我想，好好地体验一次浮潜，也许也不错。刚收到邀请时，她表现得非常高兴，等过了几天她突然来对我说，既然难得去一趟，我们为什么不寻求一些美妙的邂逅呢？

"我知道安藤拿到内定的这家公司里，有一个人是这个珊瑚保护组织的会员，他的主页上写着，他会去石垣岛进行一次私人旅行。我们按照他的行程来安排的话如何？他喜欢下将棋，感觉应该能和你成为很好的朋友。"

这个人就是野口贵弘。这还真是一场"美妙的邂逅"呢，我人生中第一次遇到了值得被当作目标的人。

这一点确确实实要感谢杉下。

打工的最后一场工作，我选择了清洁高层大楼的窗户。本来，我是要和打工时认识的一个人一起负责的，那天我特意请他不要来上班，然后邀请杉下临时来当我的助手。天还没亮，我们两个人一起前往那栋写字楼。

这是为了让杉下能体验一次坐吊车的感觉，为了安全，我把浮潜用的配重带绑在她身上，保证重量超过50公斤。

我们坐在吊车上，迎接黎明的到来。白色的光带从东边缓缓升起，与洒满大地的霞光融为一体，视野几乎一下子开阔起来。远远望去，东京湾上的天际线一览无余。

身处于摇摇晃晃的吊车里，杉下一点也不害怕，她面朝外面挺拔地站着，凝视着远方。

"果然，这里看到的风景完全不一样。我以前住的岛在濑户内海，从海岸边眺望，能看到的都是一个又一个的岛，比起大海，更像是河呢，而且是城堡的护城河。一点儿都没有开阔、一望无际的感觉，反而让人觉得闭塞。但是，站在岛上最高的地方，往下看是浮在海面上的岛，远处是天际线，让人感觉，更明白自己所站的究竟是什么样的地方呢。那种感觉就像是，我的脚下正与世界的尽头连接在一起，让人感觉获得了活下去的动力。真的很谢谢你。"

我想问她，那你想不想要站在世界的尽头，最高的地方？但突如其来的一阵强风打断了我。杉下被风吹得摇晃了一下，很快又找到了平衡。她再次看向远方，用一只手牢牢地抓住我工作服的下摆。

我想，还好我没有问。如果问出口的话，杉下一定会开始寻找前往世界尽头的办法，然后一个人动身前往。握住我衣服的这只手也将会松开。

离开"野蔷薇庄"搬到公司宿舍去住的那天，杉下和西崎特意来送我。

打着为我送别的旗号，最后一天晚上我们喝了个通宵。

"祝安藤过上幸福的人生！"西崎带头，我们碰了无数次杯。

"到此解散！"杉下已经醉得一塌糊涂，把这句话重复了好多遍。

"啊啊，解散了！"西崎每一次都会附和她。

我想，他们是不是太夸张了，我打算一有时间就回来看他们的。不过，只要我们中再有一个人开始工作，我们之间的氛围也的确会改变吧。人们将学生时代比喻成"人生的暑假"，的确，小时候每到8月31日晚上，也许就是现在这样的心情。

但是，我完全没有感觉到寂寞。我只顾着高兴，终于有机会可以检验自己的能力了，满心想着我一定要出人头地，充满壮志豪情地准备投身人生的下一个阶段。

同期进公司的人里，总有人向我打听，问我是不是靠着野口先生的关系才进来的。我懒得一个个向他们解释我是靠自己的实力拿到内定的，只是告诉他们，我是在拿到内定之后的一次旅行里认识的野口先生。

　　但是，能够被分到人人都想进的项目组，应该是托了野口先生的关系。

　　我一直认为，只要足够努力，就可以当上人上人。但是这些和我一起进公司的人，全都是从小就不懈努力的人。不过，我从来没有想过，要为了超过这些人，而在进公司之前特意跟上司搞好关系。

　　只是结果正好变成了这样而已。我曾经立志，绝不用那些歪门邪道、走捷径的办法，但是看来想要达到自己的目标，并不只有正面突破这一条路可走。也许，能够多想到几条路径，也会很大程度上影响最后的结果。

　　只想着从正面突破，大概也说明我还是太天真了吧。

　　野口先生不光是在工作上照顾我，还经常邀请我去他家里做客，而且还带着我出入很多高级场所，比如看上去像是政治家会在这里进行密谈的高级日料店，或者是标了星级的高级餐厅，等等。他还对我说，下将棋的时候不用考虑上下尊卑，把他当作平等的对手就好。

周围那些家伙都非常羡慕我能得到野口先生的格外关照。因为野口先生是包括我在内的所有新入社员工的崇拜对象。

他从进公司到现在，已经去了三个不同的国家开展项目，在每个国家都大获成功，职位与同期进公司的人比简直不可同日而语。他的私生活也很美满，娶了一个非常漂亮的夫人。而且本身也是有钱人家的公子，却能够不依靠家里的帮助，靠自己的实力赢得今天的地位，真是太厉害了。

这简直是我还在岛上时，所能想象出的最理想的人生。——是，还在岛上时的。

随着和野口先生的接触越来越多，我越来越怀疑，我真的想成为这样的人吗？我慢慢看清了野口先生内心隐藏的贪婪，贪婪得令我觉得可笑。

项目的成功绝非他一人之功，明明每个人都承担了相应的责任，而他却假装出一副可靠上司的样子，四处对别人的工作指指点点，而一旦这个项目成功了，就全成了他的建议带来的功劳。他就这样把部下的功劳据为己有，不断往上爬。

甚至明明是下着玩的将棋，一旦他快输了就会要求暂时休战，然后私下找杉下商量应对的办法。他以为我什么也不知道吗？

　　他就像个在赛跑比赛中必须拿第一的孩子，挥舞着双手拼命奔跑。可这样努力地奔跑，又能得到什么呢？

　　看着野口先生，我感觉我也许在不知不觉中越来越像西崎了。那段时间野口先生的工作和私生活都出了很大问题，他自然心情很不好。

　　摆出一张好上司的脸，野口先生盯着棋盘开口道：

　　"安藤你是想要赢过我一次吧，这可不行。说起来，你知道 ×× 这个地方吗？"

　　"不知道诶，听起来好像是中东那边？"

　　"就是那边，那边要建一个世界上最大的太阳能发电站，虽然还不知道会不会委托给我们公司，但是需要有人先去那边打点一切呢。——怎么样，安藤，我们再下五次，如果你一次也没有赢的话，我就把你送去那个没有电也没有煤气的地方进修，如何？"

　　职场上的人事调动，居然可以这么儿戏的用将棋来决定吗？恐怕现在连我在内，一共有几名候选者，大概选谁去都可以。而把我的名字放进候选名单里的，一定是野口先生。

　　不过，如果事情真的这样发展，倒也不赖。要么我能赢过杉下，要么我能拿到一张去往世界尽头的通行证，不管怎样都是令人开心的事情。

于是我接受了这个挑战。

我接连输给了野口先生四局以后。年底的时候，我竟然意外地胜过了杉下一次，虽然很令人高兴，但那家伙肯定也在思考该怎么反败为胜。我准备引诱野口先生下出同样的棋局，用这最后一次比赛来和杉下一决胜负。

今天晚上就要进行最终的决战了，而且是在杉下的面前。如果我要去那个不知道在哪的国家工作的话，杉下会羡慕吗？如果她默默抓住我的衣摆的话，我也不是不能带这家伙一起去。

不过，名义上今天是为了安慰奈央子而召集的聚会。

她自从流产之后精神状态就不好，为了让她打起精神来，杉下提议点一家有名餐厅的外卖。野口先生很爽快地同意了——真的如此吗？

外面流传着奈央子有外遇的流言，野口先生把她监禁在公寓里。公寓的门外装着的门链，简直流露出了野口先生的本性，他是那种对自己努力得到东西一定会拼死抓住绝不放手的人。他锁在那间房子里的，其实是他自己的自尊。

我并非不能理解这种心情。

野口先生让我7点前到，但是我很好奇，想打探一下今天的对局究竟谁更有优势，而且我也想尽量在饭前就结束棋局，所以6点过一点我就到了公寓楼下。

野口先生租了两个车位，有人开车来拜访他的时候，可以直接停在住户停车场里。我在停车场里给野口先生打了个电话，他显得很慌张，让我去最顶层的会客室等他。

杉下最终还是没有想出应对策略吗？

只剩下不到一个小时了哦，杉下，如果再不想出办法的话，世界的尽头就要离你而去了。

我走出停车场，绕路往大堂前台去，住户停车场虽然有直通公寓的门，但是采用了酒店式的设计，从里面打开不需要钥匙，里面的人可以出来，但是外面的人必须有钥匙才能进去。

我对前台接待的人说，我和野口先生约好了在顶楼会客室见面。不知道是因为前台小姐认识我，还是因为野口先生打了招呼，她直接放我进去了。

我坐着电梯去了最上层，但刚走出电梯，我突然想起我把手机落在了车上，于是又坐着电梯下到一楼，从直达停车场的门走了出去。我没有关门，去车上拿了手机，准备往电梯的方向去。——这时，我看到了一个意想不到的人。

是西崎。他用双手抱着一大捧红玫瑰。

"好久不见，安藤。守时是个好习惯，但你是不是也来得太早了？"

"为什么西崎会在这里？"

"我在打工，要把这个送去野口家。"

"花店吗，这份工作有种很适合你又不太适合你的感觉呢。不过，你这家伙也终于愿意出来工作了？"

"为了保护我重要的东西。"

"不过，还真是巧呢。这是杉下点的吗？"

"不，是野口夫人。我和她有过一些缘分——说起来，安藤，我最近明白了一件了不起的事情。以前杉下说过，极致的爱是共同承担罪恶，这是真的。她的那个人，你今天也会见到，尽管期待一下吧。那家伙人还挺好的。"

我不知道他在说什么。电梯很快到了48楼，西崎走了出去，看起来还是和他平时一样吊儿郎当。电梯继续上升。

这种被他们排除在外的感觉是怎么回事？我在这里遇见西崎，这绝不仅仅是偶然。杉下和西崎一定在背着我策划些什么，而且事情就发生在野口家，他们为什么要瞒着我？

而且，杉下有男人？我怎么从来不知道这回事。那个男人也会来？到底是怎么了？

电梯门开了，我却没有下去，而是按下了48楼的按钮。

野口家的门紧闭着，这里面在发生什么我不知道的事情？我把手伸向门铃——却没有按下去。

我伸出手的动作变换成了，关上门链。

我又回到了顶层，坐在靠窗的位置，点了一杯咖啡。这里离地面有210米，这么高的地方，但是隔着窗户能看见的景象，终究只是整体中的一小部分。

野口先生和我，或许本来就是十分相似的人。

——糟糕了，已经7点多钟了。

门口的门链被人打开了。

我本来打算看着时机把门打开的，西崎是怎么出来的？野口先生是叫路过的人从外面把门链打开了吗？他应该觉得很尴尬吧。不过，他要是因此而下定决心，最终拆掉那条门链那就好了。

是杉下打开的吗？我还以为她肯定比我来得早，已经在房间里思考应对棋局的策略了呢。不过，她也不是没有可能是跟我差不多的时间来。

已经过了7点，也有可能是送外卖的人打开的。

我按响了门铃，杉下出来了。

她看起来非常慌张，对我说："不要进去。"是野口先生让她来拖住我吗？这家伙还真是过分呢。

"已经无所谓了，我输给他也行，输了还更好呢，我现在把我的战术告诉杉下你，你悄悄告诉野口先生吧。"

"……输了更好，是什么意思？"

"那个是等会的惊喜呢。"

"现在就说！"

杉下抬高了声音说道，我第一次见到这样的杉下。何必这么激动？这时，电梯里走出来一群穿着制服的警察。

一个看起来像厨师的男人从房间里走了出来，很冷静地引导警察进门。杉下躲到了男人身后，握住了他白色制服的衣摆。

到底发生了什么？完全搞不清楚状况的，看来只有我一个人。

十年后

如果那个时候……即使过了十年，偶尔我也还是会这样想。

我在电梯里碰见了西崎，却完全没有想到他就是奈央子的外遇对象，而他竟然是准备来带走奈央子的。明明公司里也有这样的传言，说奈央子的外遇对象是个极其俊美的男人。又不是在闭塞的岛上，东京长得帅的男人要多少有多少，所以我对这点没有格外在意。但在电梯里，为什么我会完全没有往这方面联想呢？

如果我想到了，会怎么样？我能说服西崎，不要做这么傻的事情吗？就算他不听我的话，如果我一直和他在一起的话，事情也许不会发展到这个地步。

最坏的地步——西崎在供词里说，他站在玄关时，野口先生突然冲上来殴打他。那个时候，他是不是也曾经回头，想要开门逃走呢。

逃跑——西崎说，杉下看见他用烛台袭击野口先生的样子，所以他放弃了逃跑。他们两个都在现场，其实可以商量好一起逃走的。

这两种可能性都没有发生，因为门链被人从外面锁上了。

为什么他们没有联系我呢？

无论是杉下还是西崎，应该都知道我正在顶楼。

不，西崎恐怕已经察觉到了门链是我锁上的吧，他一定怀疑我和野口先生是一伙的。

但是，西崎什么也没有对警察说。

不只是西崎，就连来送外卖的那个叫成濑的人，也作证说他来的时候门锁是开着的。他说他和杉下是同班同学，在乡下的同学会上重逢时，把这家店介绍给了杉下，但那之后他们就没有见过面，也没有交流过。但是，这是真的吗？

在电梯里，西崎对我说，杉下之前说过的关于共同承担罪过的事情，是真的，我那天会见到杉下的共犯。那应该就是指成濑吧？他人还不错——说明西崎也认识成濑。

那三个人之间，究竟计划了什么？

无论怎么问，杉下和西崎都不肯告诉我真相。我心怀愧疚，既不敢对他们也不敢对警察提起门链的事情，所以也不敢过于深入地追问这件事。我也很害怕会让周围的人觉得，我和这件事情有关系。

但是，随着日子一天天过去，我越来越想念当初聚在那个破公寓里，三个人一边喝酒一边说着无聊话题的日子。

原来我一直希望加入他们。

我拜托亲戚替西崎请了很有名的大律师当辩护律师，西崎本来说"别多管闲事"，但在我的强烈要求下，他只能说"只要不影响你的前途就行"。

我绞尽脑汁地想，还能为西崎做点什么。直到这时我才发现，原来我一点也不了解西崎。怎么才能更了解他呢？

我决定继续读西崎写的那部小说《灼热鸟》。

我读完了原稿，又去了一趟西崎的老家。

西崎，原来你是鸟啊。

我去了那个儿童套餐上最常见到国旗的国家，待了五年之后才回国。

我想，以前那栋公寓大概已经没有了吧，但不抱希望地回到"野蔷薇庄"后，发现它还是老样子，连房东老爷子的身体也还硬朗。我到的时候，他正在楼梯下锯着木板，他看向我，一边用脖子上挂着的毛巾擦了擦汗，一边笑着对我打招呼："安藤，你还好吗？"他已经年过九十了，居然还记得一个十多年前在这里住过的、不讨人喜欢的学生，我真的很感动。我问他："你正在忙什么呢？"他回答说："我在做新的广告牌呢。"我一下子想起了以前的事情，决定帮他的忙。我们聊起那次台风有多严重，我突然发现，虽然我在这里住了四年，却几乎没有跟老爷子说过话。

那个时候我觉得，让老爷子喜欢我也没有任何好处。我其实就是这种人。那件事之后，我为了帮西崎拿行李，也回了这里好几次，却从来没有想过要来和他打一声招呼。

老爷子很担心西崎，也很担心杉下。

但是我不可能说一些让他更担心的话，只能对他说起西崎想当作家的事情，顺便问他知不知道《灼热鸟》这部小说。老爷子说他不知道，还问我小说讲了什么故事，于是我简单向他介绍了一下。

"鸟指的是希美吗？"

我刚说完故事，老爷子就这样问道。我完全没想到他会这样问。

"跟杉下有什么关系？"

"不知道为什么，我有这种感觉而已。如果不是的话，那就是西崎同学？"

像鸟一样，身上布满烧伤痕迹的人是西崎。那家伙甚至不敢用瓦斯炉点火，但是并不害怕烤箱和电火锅之类的家电。

他害怕的是火。

那次事件之后，我和律师一起去过好几次西崎的老家，恳求他们帮帮西崎。他母亲始终没有开口，一副不想参与这件事的样子，但是他父亲承认了西崎年幼时经常遭到虐待。他母亲的脸上没有烫伤的痕迹，那篇小说里的事情应该不全都是真的。但是我坚信，鸟一定是指西崎。

"所以你才会想要救出奈央子吧。一定是野口先生殴打你的时候，激活了你过去的心理阴影。你这是生病了，去好好接受一次精神鉴定吧。"

我隔着拘留所的窗户对西崎说道，他却说"别把文学和无聊的现实世界混为一谈"，也拒绝接受精神鉴定。

即使如此，我还是毫不怀疑地相信，西崎就是鸟。但是为什么，房东会在第一时间就想到杉下呢？我和杉下一起去冲绳时见过她穿泳衣，她身上应该没有什么疤痕。我们讨论着对《灼热鸟》的感想时，她也没有任何心情沉重的感觉。

我曾经以为我很了解杉下，但仔细想想，她那时所谈论的全都是现在和未来，对过去，她从来都只字不提。

杉下是鸟。

西崎是鸟。

如果他们身上有某种共同点，他们彼此之间是否知道这一点呢？只有他们两个才能真正理解的，某种东西。

在案发现场的除了死去的野口夫妇外，就只有西崎和杉下。

杉下说过，极致的爱是"共同承担罪恶"。西崎曾经暗示，杉下的共犯就是成濑。但是，在这十年间，共同承担罪恶的人，难道不是他们两个人吗？

房东的手会发抖，所以我代替他往切好的木板上，用黑色的油漆写上了"野蔷薇庄"几个大字。等字迹干了之后，我用铁丝把木板固定到了二楼的扶手上。这里是他们两个曾经站立过的地方。

　　台风那天，我不就是在这里遇见你们的吗？

　　请你们，告诉我事情的真相吧。

第四章

我很喜欢透过那扇朝南的大窗户眺望大海。直到被从那里赶出去之后，我才意识到这一点。青绿色的平稳海浪，漂浮于其上的无数小岛，眺望这幅景象对我来说，原本是像呼吸一样自然的事情。

所以，失去了呼吸的我，也许某个地方已经坏掉了。

我出生在这座岛上，在这座岛上长大，我的人生就如同包围着这座小岛的海一样，平静无波。直到那一天为止，我被从"城堡"里赶出去的那天。

那栋海岸边的洋房是在我母亲的祖父母辈时修建的，因为墙壁和屋顶都是白色的，以前岛上的人们把它称作"白色城堡"。我母亲是独生女，长得也非常漂亮，岛上的人们都非常喜欢她，把她戏称为"住在白色城堡里的公主殿下"。公主长到了该出嫁的年纪，和在公主父亲经营的建筑公司工作、从岛外来的精明能干的王子殿下结了婚。婚后不久，公主的父母双双因病去世了，但并没有影响王子和公主无比幸福的生活。这种生活一共持续了 17 年。自然，公主的一儿一女也生活得很快乐。

我就是公主的女儿。我虽然外表长得很像母亲，但一点儿也没有公主的样子。母亲经常对我说："希美你的气质还不够好，这样下去可是找不到优秀的另一半的哦。"不过，我倒也不是故意想要扮丑，只是比起用笑容吸引所有人的目光，我更喜欢在无人注意的角落过悠闲自在的日子。

吸引男人的气质，这种东西我不需要。在我的日子几乎过不下去的时候，那反而是我必须最早舍弃的东西。

前兆，应该是指在事情发生之前，预示着将要有事发生的一些小事。但是我往往是在事情已经发生了之后，而且是很久之后，才意识到，原来那就是前兆啊。难怪那天西边的天空会一片鲜红，难怪平时一贯温顺的狗会发出狂吠，难怪那阵子母亲的脸色看起很差，难怪、难怪、难怪……

明明岛上的经济越来越差，公司应该没什么事做，父亲却总是加班到深夜才回来。他开始推脱工作太累，不愿意吃母亲做的那些令人难以恭维的饭菜。就连全家人一起给他庆祝生日，他看起来也没有多么高兴。

我知道，就算我注意到了这些前兆，结局也不会有什么改变，但至少我能够多一点心理准备。然而，事情就是这样突如其来地发生了。

高二那年的秋天，那是一个天气很好的周六下午。上午我刚考完学校的模拟测验，一回到家就看见母亲靠在玄关口的柱子上，肩膀不停颤抖，正在无声地哭泣。母亲一向都很温柔，脸上总是挂着美丽的笑容。这是怎么了？我正准备问她，便听到家里传来弟弟洋介的声音："你在干什么！"我急急忙忙地进门一看，发现我学习用的书桌被搬了出来，挡住了一半门。为什么书桌会在这里？而且上面还放着书，抽屉里还塞了各种杂物。

我愣了一会，看见一个陌生男人抱着巨大的纸箱走下了楼梯。纸箱没有封上，我看见里面有我小学时，家人假装圣诞老人送给我的一只毛绒玩具熊。为什么我房间里的东西会被人搬出来？男人穿着深色的工服，我一开始以为是家里要装修，但场面看起来真的很不对劲。

"你才应该滚出去！"

二楼传来洋介大声地吼叫，同时响起的是咚咚咚的声音，洋介从楼梯上滚了下来。我急忙跑向洋介，看见父亲站在楼梯上居高临下地看着我们。

"……爸爸？这是怎么了？"

"姐姐，他已经疯了。"

洋介痛得整张脸都扭曲着。父亲从来没有动手打过我们，他总是开朗又温和，不管我们做了什么他都会微笑着接受，我们都很爱他。直到昨天晚上，我们一家四口还跟往常一样坐在一张桌子上吃饭。为什么？为什么洋介会被他从楼梯上推下来？发生了什么？

我走上楼梯，父亲对我说：

"赶紧把你的东西收拾好！"

我房间里的东西都被人随意地装进纸箱，胡乱堆放在走廊上。我甚至有些惊讶，十来平方米的房间里，居然放了这么多东西吗？我走进已经被搬空的房间里，一个女人背对着我站在那。她长得很高，有一头长发，年纪看起来正介于我和母亲中间的样子。我不认识她。女人感受着从窗户里吹进来的海风，惬意地伸了个懒腰，回头看了我一眼。

"对不起呀，从今天开始，这里就是我的房间了呢。有点儿对不起你呢，感觉像是我把你赶出去了一样。不过，你的房间还真是比想象中更舒服呢，我就不客气地收下了。"

我的房间？这个女人在说些什么？我打量了一下周围，看见窗户旁边摆着一台很大的梳妆台。梳妆台木制的外框上雕刻着精美的百合花纹，一看就价值昂贵。虽然是全新的，但好像一直放在这间房子里一样，十分合适。梳妆台上放着一个细颈的银质花瓶，不知道是要用来插花，还是和梳妆台一起订购的，只是暂时放在那里而已。花瓶上同样雕刻着精细的花纹。我沉默地站在原地，父亲走了进来。

"从今天起，我要和这个人一起在这里生活。"

房间里只有我们三个人，父亲的声音冷漠地刺进我心里。他应该已经对母亲和洋介说过这番话了吧，包括接下来他所说的话，也如同排练过一般，无比流畅。

　　我决定要自由地生活了。我赚的钱我想怎么花就怎么花，我要吃我喜欢吃的东西，和我喜欢的人一起生活。我已经忍了17年了，为了你们忍耐、克制我的欲望。忍到今天我也忍够了，我们家的男人都不长命，没一个活过50岁的，我爸只活了48岁，爷爷更是38岁就死了。你们刚替我庆祝过生日，应该知道吧，我上个月就47岁了。我重新思考了我的人生，如果只活50年，那我也就只剩下三年了，我还要这样活着吗？自从我入赘到这个家里来，为了挽救那个快破产的公司，我拼了命地工作，还不够吗？最后的三年，我难道都没有权力按我喜欢的方式活吗？所以，我要把不必要的东西清除出去。可能父母就应该为了孩子的幸福牺牲自己的一切吧，但是我试过了，不管怎么努力我都没办法这样想，我要追求的是自己的幸福。我不是不疼你和洋介，但是，只要你们还在这个家里，我就不得不为你牺牲。所以，你们走吧。

　　如果父亲这个时候得了什么不治之症，也许我可以接受他所说的话。但是他不仅没有什么大病，我甚至都没见过他感冒的样子。他说出这些话，我只觉得他疯了。我听说，曾祖父是死于战争中，而祖父是死于交通意外，两个人都不是因为什么遗传性疾病而死的。什么只有三年寿命，不过是他自说自话而已。

"滚的人应该是你！"

洋介不知道什么时候上了楼，他从背后飞扑到父亲背上，从背后勒住他。但是，洋介和母亲一样身材纤弱，怎么可能是常年在外奔波的父亲的对手呢？父亲轻而易举地把洋介甩到地板上，骑在他身上，用拳头猛砸洋介的脸。

不要打他！我很想尖叫，却怎么也发不出声音。

"你都要死了，干脆今天就去死啊！"

洋介的嘴里流出鲜血，却还是用尽全身的力气拼命喊道。父亲照着同一个位置又揍了一拳，怎么会有人可以这样毫不留情地殴打自己的亲生儿子？

"住手！"

我终于发出了声音。我用求助的眼神看向一旁的女人，但女人只是若无其事地转向窗户，一脸愉悦地享受起了海风。

"……去死吧。"

洋介用几乎微不可闻的声音说道，父亲还在继续挥拳。

"住手啊！"

洋介会被杀掉的！我奔向那个梳妆台，拿起花瓶用尽全身的力气砸了下去。

这段记忆本来应该早就被我遗忘了，是因为读了西崎的那篇小说吗？《灼热鸟》——看标题我还以为是科幻小说，我抱着对西崎的好奇心，想了解这位长相俊美的男生究竟想象出了什么样的世界，开始读起了这本小说，才发现剧情其实很沉重。

但我想，并不是每个人读了这部小说，都会觉得心情沉重吧。我不是评论家，也说不出这部小说究竟缺少了什么，是语言的表现力不足，还是表达得太过夸张，总之，如果是一个生活得很幸福的人读了这部小说，应该只会觉得看不懂，认为这是个很无聊的故事。比如像安藤这种过分积极的家伙，估计看了一半就会大呼无聊，然后直接放弃吧。

我大概也只读了1/4，就觉得嘴里仿佛有种莫名的苦涩，再也读不下去了。我有种预感，这部小说会像氧气一样，使我那已经埋藏多年的记忆一下子死灰复燃，变成熊熊大火。

作品里那个站在窗边抬头望天的女人，仿佛和我记忆里那个女人重合了。"你知道吗？我转世之后想成为什么？"

那个女人回过头，男人——父亲说，"是鸟吧"，雪白的牙齿映衬着他晒得黝黑的肤色。

那个女人，绝不可能想成为鸟。那个任性妄为的女人，只是因为想要住在海边就搬到小岛上，就接近岛上的有钱男人，不顾对方有妻有子，腆着一张脸住到别人家里去，一脸任性地站在窗边吹着海风的女人。那个女人，就算再次转世也还是会成为人，贪婪的女人。

如果父亲也跟小说里的男人一样，遭遇悲惨的下场就好了，如果干脆死了就更好了。上个月是他可喜可贺的50岁生日，他也差不多该活够了。

——糟了！汤要溢出来了。我急忙关掉瓦斯炉的火。

读完《灼热鸟》之后，我莫名地非常想做饭，从冰箱里把食材全翻了出来，做了平时三倍分量的土豆炖肉。就算分给房东爷爷，我们俩也得一日三餐都吃土豆炖肉的吃上三天。对了，干脆分给西崎和安藤吧。台风那天他们看起来也很爱吃我做的土豆炖肉，反正保鲜盒我有的是。

我把刚做好的土豆炖肉分装在一个个保鲜盒里，先拿着保鲜盒去了一趟一楼的房东家。现在正是下午3点，房东爷爷搞不好会拉住我，让我陪他下一局棋，不过我现在实在是没有那个心情。我敲了敲门，来开门的竟然是西崎。

"爷爷，有女孩子给你送东西呢，真让人羡慕啊。"

他看着我手上的透明保鲜盒，走出了狭小的玄关，一手撑着门，示意我赶紧进门。

"是土豆炖肉啊，没有我的份吗？"

这么好看的一张脸，带着爽朗的笑意问我有没有他的份，就算没有给他准备，我恐怕也会回房间重新做一份吧，甚至说不定会直接把手上的保鲜盒递给他呢。如果是那天以前的我的话。

我一点也不希望被谁爱上。我绝不会努力，试图让谁爱上我。

讨好别人是多么愚蠢的行为，我已经有了无比痛苦的切身体会了。

"也有你的份，不过，如果爷爷要找我下将棋的话，就得晚点儿再给你拿去了。"

"没事，没事，加油，你好好安慰一下爷爷吧。"

说完西崎就回了自己的房间。安慰，这个词让我有了不好的预感。果然，进屋一看，我注意到矮桌上放着一个用和纸包好的大盒子，上面的牌子是一家很有名的日式点心店。

是那个人来过了啊。

"总是麻烦你真不好意思，你把这个点心带回去吃吧。"

房东爷爷虽然已经年过八十，但是身体十分硬朗，他喜欢做木工，一周还会去三次量贩中心采购。但这样硬朗的老爷子，此刻却佝偻着背，颓丧地坐在矮桌前。

"又来劝你把这里卖掉了？"

上上周，我拿着分给房东爷爷的饭菜来时，听说房地产开发商准备把这一片的土地都买下来，建成一个具有城市区域功能的高级公寓，起名叫作"小东京"。他们还给我们看了彩色的宣传册，上面有未来规划的计划图，这座大楼里将来会有医院、购物中心、体育馆和餐厅，甚至还有养老院和育儿设施。

那是楼高300米的梦想之城。他们承诺，只要爷爷同意卖了这块地，他的余生都可以生活在这座梦想之城中，还可以接受专门的养老服务。爷爷没有亲人，对他来说这应该是一件好事。但爷爷拒绝了，让他们另寻别处去建。

他说，他想在这栋他出生、长大，守了一辈子的"野蔷薇庄"里过完剩下的日子。

我明白他的心情。对自己无比重要的地方，如果再也拿不回来的话，那不如一把火把它烧干净。这是我长期以来的想法。一定是因为《灼热鸟》吧，我又想起了那一天。

"他们没有威胁你吧？"

"拒绝他们的也不只有我们一家，听说前面不远的那个'青碧大楼'的房主也没有同意呢。那位好像是很有名的富豪，只要那边也还没有同意，他们应该也不至于太难为我们。但是，这件事最后会怎么样呢？"

"为了想出保护这里的战略，我们来下一局棋吧？"

"战略？"

"努力试试看吧。我高中的老师说过，将棋对未来肯定是有用的，比如可以认识有钱人之类的。总之，我们一定会想出办法的。"

我当然不可能真的相信这种鬼话，但是，如果不是对将棋产生了兴趣的话，我可能就不会和成濑熟悉起来。多亏了他，我才能渐渐淡忘那种如同地狱一般的记忆。只可惜，我和他的友情只持续了短短两年而已。

洋介经常反复念叨着，一定要把父亲告到警局去，但是他脸上的淤青消失之后，也就没有能够指控父亲的证据了。而且，父亲和母亲并没有离婚，我们的生活还要依靠他给的生活费，他每个月会往母亲的银行账户里汇入二十万日元。虽然我们被从家里赶了出去，但他另给我们找了一间房子住。

那是一座老旧的小屋，位置在岛上最高的那座青景山里，沿着通往山顶的登山道绕到一条岔路上，稍微再走上一会儿就能到那里。

去青景山爬山的小学生们都把这座爬满藤蔓的小屋称作"鬼屋"。我和洋介也是这么称呼这里的，也相信这里有鬼的传言，我们怎么也没有想到，有一天自己会住到这里来。

"凭什么不是那两个人住到这里来，那栋房子明明是妈妈的祖父母盖的，那就应该是妈妈的房子啊。"

我也这么认为，但是，外公外婆去世后，公司和家里房子的产权都被变更到了父亲名下。这不是父亲在背地里偷偷干的，而是外公在遗书中嘱咐的，母亲也是依照遗书的安排做事。外公和母亲都没有想过，会变成现在这样的局面吧。那个男人最卑劣的地方，就是他不肯离婚。不过，他对我们最恶劣的行为，也不过是把我们赶去"鬼屋"里住，用"地狱"来形容这种生活，实在是过于夸张了。虽然我们岛上人口不多，但是单亲妈妈也不少，一个月收入不到20万日元的家庭也有的是。

但是，这些家庭中的母亲应该都在拼命地工作。

有一次我通宵看完书，准备打开窗户换换空气时，不小心和来送报纸的阿姨对上了视线。我觉得她有些眼熟，想了想才发现，是在不久前我们一家人去吃过饭的那家餐厅"涟漪"中工作的人。她的孩子还没到上小学的年纪，丈夫却因病去世了。那时母亲还当着她的面低声念叨了几句"真可怜啊"之类的话，我很担心她有没有听到，心里七上八下的，所以对她还有印象。以前，我只觉得那位阿姨从早忙到晚，真的很辛苦。但自从家里发生剧变之后，每次在街上遇到她，我都觉得她真厉害，打从心底里敬佩她。

从家里被赶出来，一踏入那间小破屋子，母亲就倒下了。那种打击对公主殿下来说，实在是难以承受吧。这里虽然破旧，但也有四间房子，我们每个人都有独立的房间，还有一间当作客厅。我和洋介先把母亲的房间打扫出来，让她进去休息。

也许我们不应该这么做。我们应该告诉她，不管你多么痛苦都改变不了现实，要恨的话就去恨你的丈夫，把抹布硬塞进她虚弱无力的手中，让她明白自己睡觉的地方应该自己收拾的道理。公主从此开始卧床不起，什么也不做，每天都只是盯着窗外发呆、流眼泪。从来不会做饭的我，被迫在一个月里就练出了做饭的手艺，还学会了简单的木工。

我和洋介一起把家里的墙重新刷了油漆，补好屋顶，给院子里除草，渐渐对这种生活习惯了起来。我们并不反感使用父亲汇来的生活费，还计划着等下个月的生活费打来，就稍微奢侈一把，去吃顿寿喜锅之类的。

等到汇款日那一天，我一从学校回来就从母亲床头的抽屉里拿出存折和银行卡，准备去把钱取出来，但银行提示说余额不足。我想，是不是钱还没有打过来？但是我只准备取三万块，按理说上个月剩的钱也应该超过这个数字。伴随着机械的提示音，存折从取款机口退了出来。我看了一眼存折，简直不敢相信自己的眼睛，今天刚汇入的 20 万日元加上上个月剩下的 4 万元生活费，竟然在今天被人全部取了出来。

我急忙跑回家，向母亲询问究竟怎么回事，却听到了可怕的回答。

"因为我的化妆品用完了嘛。"

她虽然每天都躺在床上，但是坚持每天都要化妆。母亲每天都会在早饭前化好妆，我几乎没有见过她素颜的样子，所以一直没有察觉到这一点，直到这个时候我才意识到，她的化妆品是很贵的。母亲从城堡里把她的陪嫁品，一张桐木的梳妆台带了过来，此时上面正放着 7 瓶崭新的化妆品，应该是她给以前常去的店里打电话让人送来的。我一瓶瓶拿起来确认标牌，看见那瓶美容液要 5 万日元时，我差点晕过去。

"为什么要买这么贵的啊？"

"因为我一直用的都是这样的呀，突然换别的牌子的话，皮肤会受不了的。"

"就算是这样，也不能把钱全用来买化妆品吧？我们连买米的钱都没有了，下个月要吃什么？"

"吃的东西什么的，不是总有人送来吗，以前也没有拜托谁送过……"

那是因为，虽然公司的规模不大，但父亲好歹也是建筑公司的老板，喜欢钓鱼的员工会送鱼来，农村出身的员工会拿蔬菜来，到了年中年底也会有很多人送火腿或者点心什么的。事到如今，谁还会专门来给被赶出城堡、搬到"鬼屋"里的公主送这些呢？

"这个美容液还没开封，是在商店街的'上田沙龙'那里买的吧？我拿去退掉。"

"不要！"

母亲从床上飞扑过来，从我手上抢走了装美容液的瓶子。

"如果我变丑了，阿晋会讨厌我的！"

"什么讨厌不讨厌的，他都已经把我们赶出来了。"

"阿晋只是觉得你们两个没用而已，他又不能单独把两个孩子赶出来，所以才让我也走的。"

"那么，那个女人呢？"

"闭嘴！闭嘴！闭嘴！闭嘴！那个女人只不过是佣人罢了，我们还没有离婚呢。总之，只要我一天还在岛上，我就还有机会回到家里，我怎么能变丑呢？"

母亲像被什么东西附身了一样地拧开了瓶盖，往手上倒了一大堆美容液，往还带着妆的脸上涂了起来，不顾精致的妆容被弄得一塌糊涂，只是一遍又一遍地涂抹着——

真正的地狱，就是从那天开始的。

和房东爷爷下完一局棋，我拿着保鲜盒去给西崎送土豆炖肉，西崎问我要不要进去坐坐。一个人去男人的房间里令我有些犹豫，但西崎完全不当一回事的样子。这家伙，如果有人跟我说他有五个女朋友，我一点儿也不会觉得奇怪。

进了门，西崎对我说："你难得来一趟，一起吃点吧"，并打开冰箱取出了纸盒装的白葡萄酒。但是他家里连筷子和杯子都只有他自己的，所以我又回了一趟自己家取了餐具过来。在学校里我倒是也有几个能一起聊天喝茶的朋友，但和他们的关系都没有好到能邀请他们来家里做客的程度。我不想让朋友看到我家里的情况，看到他们为了维护我的心情而特意改变态度，让人真的觉得很麻烦。即便如此，我家里也不至于只准备一人份的餐具，毕竟暑假的时候洋介可能会来我这里玩。这么说来，是完全没有人会去西崎家吗？他难道既没有家人也没有朋友吗？

但是，台风那天晚上他给人留下的印象，是个非常外向的人。我们俩现在坐在一起吃土豆炖肉，但是仔细想想，我跟他正经说过话的次数，算上上次他给我小说原稿的那次，也只是第三次呢。但他给我的感觉却像是我亲戚家的哥哥一样。这是为什么呢？

"西崎，你不要光吃肉呀，土豆也别剩下哦。"

说完我突然发现，西崎长得很白、身形纤弱，看起来很像我弟弟洋介。论脸的话当然是西崎更好看，但是两个人身高和发型都很接近，从背后看简直就像是一个人。

"我可不是吹牛，别看我这副样子，我吃东西从来不浪费的。不过，为了以防万一，我习惯先吃我喜欢吃的东西。"

这时，西崎很突兀地转变了话题：

"'野蔷薇庄'就要被拆了的事情，你怎么看？"

西崎是学法律的，也许房东爷爷曾经找他商量过，看看怎么做才能不卖公寓。对了，这个人不是文学部，而是法学部的呢。

"爷爷说他不想卖房子，所以，我也想帮帮他吧。"

"我也这么想。对我来说，再没有比这里待得更舒服的地方了呢。如果可以的话，我简直想一辈子住在这里，写我的小说。不过，像现在这样带着礼物上门，老爷子拒绝了他们就老实离开的日子，恐怕不会有太多了。关键在于，事态升级以后该怎么做。"

"那就不要让事态升级。是因为'青碧大楼'的业主也反对收购，'青碧大楼'的占地面积比我们这里大得多，所以他们才没有急于推进，那么，只要让那个人一直反对不就好了？不过，那栋楼现在是做什么的？"

"听说是有钱人为了避税才建的，要是能打听到那边的消息就好了。"

"对了！我们去试着结识那个有钱人怎么样？给他打个电话之类的，劝他跟我们一起坚持反对下去。"

"恐怕对方反而会对我们产生戒心吧。"

"那就想办法偶遇？我就知道将棋一定能派上用场。"

"难道你要直接打电话，让人家跟你下将棋？"

"认识有钱人的方法，我已经构思了很久了。虽然我想象的是阿拉伯的石油王。比如，去豪华游轮上当服务员，啊，不过这样的话，就不能用平等的身份认识了呢。说起来，我之前看到过一条很有意思的新闻……"

那是一篇讨论如何支援发展中国家的专栏文章，日本的有钱人会给发展中国家捐钱，但欧洲的有钱人一般都是身体力行。有一个日本的年轻人报名参加了非洲的植树造林志愿活动，结果后来才知道，跟他一起植树、一起自己动手煮汤喝的那对夫妇其实经营着一家非常知名的世界级食品公司。他一开始很惊讶，后来便只剩下满心感动，于是写了下了这篇文章。十年过去，年轻人和那对夫妇还保持着非常亲密的关系，相处得就像家人一样。

"要不要去报名参加志愿者活动？我想那应该是我们这些普通人能够和有钱人平等相处的一个好机会。"

我半开玩笑地说道。虽然我是真心想帮房东爷爷守住这栋房子，但我并没有义务一定要这样做。而且，这栋房子真的被卖掉，爷爷也能搬进修好的高级公寓中居住，虽然他可能时不时会觉得伤心，但总体来说不算是一件坏事。不愁吃喝不愁住，这本就是人生最大的幸福。我想，到了爷爷这个年纪的人，自然会懂得这个道理。

幸运的是，学校的学费还是和我们被赶出去之前一样，会自动从父亲的账户上扣款。水电煤气和电话费都是下个月才交，应该不至于突然断电断水，到了下个月总能拼拼凑凑付上的。最大的问题是伙食费，现在我和洋介手上只有不到3 000日元，怎么看都不够我们一家人吃一个月的。

"我去求老爸。"

洋介虽然不愿意向父亲低头，但那个把我们赶出来的父亲对我们应该多少有些愧疚，从他手上要个1万日元左右的钱应该并不困难，我没有太当一回事地送洋介出了门。一个小时后，洋介回来了，脸上带着和上次一样的伤痕。

"他说，不关他的事。"

洋介挥了挥空荡荡的双手，脸上的表情像是在笑，又像是在哭。我不知道该说些什么安慰他，只能拿着所剩不多的零钱，带他走到登山道入口的凉亭里，给他买了一罐看起来最甜的奶咖给他喝。

我望向大海，同样是濑户内海，从这里看起来和从城堡中看去的景色似乎不太一样。站在海拔接近0米的城堡二楼望去，天际线被许多小岛遮挡，看起来断断续续的，但站在这里看去，却能看见小岛背后更加广阔的大海。只是高了200米而已，看到的风景竟然有如此大的差别。

还住在城堡里时，我想考上岛外的大学，然后回到岛上工作，一辈子住在这里。但此刻，望着那道在城堡里压根看不见的天际线，我觉得，我想看看更远的地方。

我将目光从远方拉近，慢慢望向海岸边，城堡的屋顶出现在我视线里。我本来觉得被放逐到了很远的地方，原来，站在这里就能看见呀……

"明天我去求他，我想，爸爸他对女孩子应该也下不去手吧。他要是真的动手了，我就好好讹他一笔医药费。"

"那姐姐也要补充下体力。"

洋介把手上的咖啡罐递给我。其实我更喜欢不加糖也不加奶的咖啡，但此时口中弥漫开来的甜味，似乎的确为我的身体注入了能量。

第二天放学，我就去了城堡。来给我开门的是那个女人，她说父亲今天早上去本州出差了，今天不会回来。我犹豫着，不知道是该求这个女人，还是应该先回去改天再来。女人笑眯眯地开口说：

"你是来借伙食费的吧？昨天你弟弟来的时候说过这事，听说是因为你母亲乱花钱呢。阿晋从刚认识我的时候就一直抱怨呢，说你母亲什么也不干，就知道乱花钱。你们俩也真是可怜呢，被赶出去还得跟这种母亲一起生活。我也觉得挺对不起你们的，本来我还想，偷偷给你点钱呢。不过——谁让你做了那么过分的事情呢。"

过分的事情——是指我为了救洋介，拿起花瓶用力砸向了那个梳妆台的镜子。镜子发出一声巨响，当场就碎了一地。父亲愣住了，停下了正殴打洋介的手。那个事不关己地看向窗外的女人，也回头来发出了一声尖叫。

我看着两人的脸都因为愤怒而涨得通红，从地上捡起了一块细长如刀刃一般的玻璃碎片，握在手里。

"洋介，快逃！他们根本不是人，跟他们说什么都没用的，就让这两个怪物在一起生活好了。我们会走的，但是在我们收拾好行李以前，你们两个给我滚到我看不到的地方去！"

我挥舞着玻璃碎片，把父亲和女人赶了出去。

"你知道那个梳妆台要多少钱吗？来找我要伙食费之前，你该先赔偿我才对。不过，你们要是真的饿死了，我也要一辈子被人指指点点吧。所以这么办吧，我不会给你钱的，但我允许你每天来领饭菜回去。我可是很会做饭的，会认真给你们准备便当哦。不过，你要让我看到你的诚意，你每次来领饭菜，都要跪下来对我说，求求你了。我的要求就是这么简单，我可真是个好人啊。"

要我给你下跪，我宁愿去死。我很想这么说，然后直接离开，可我不能放任洋介饿死。又不是一辈子都要这么做。对了，就当作是打工吧。只是需要忍几次而已。下跪只不过是一个动作罢了，走路、跑步、下跪，都是一样的。

"你要是同意的话，就赶紧照做吧。我早就料到你们俩有一个人会来，特意多做了晚饭呢。喂，快点啊。"

城堡的玄关地面是大理石的，表面看不出来，女人挺会收拾家里的，地面上一粒沙子也没有，非常干净，跪上去看起来膝盖也不会疼。我慢慢地弯腰跪下去，低下头，低声说道：

"求求你了。"

"什么？"

我抬起头，女人脸上挂着再愉快不过的笑意："好好说清楚。"

"求你给我食物。"

我将头低到了几乎不能再低的地步。我拼命咬着牙，不让眼泪流下来，因为太过用力，我仿佛能听到嘎吱嘎吱的声音，就像我嘴里混入了海砂一样。只有强迫大脑变得一片空白，才能让这种感觉消失。

"杉下，要不要一起去保护珊瑚？"

自从那次一起修补漏雨的房顶之后，我就养成了把做好的饭菜分给安藤和西崎吃的习惯。这天，我去给西崎送土豆沙拉，他如往常一样邀请我进去喝酒。我正在装盘，就听到他突然这样问。

他说，我们需要先考浮潜证。

说起来，我本来是为了清洁大楼的窗户才选择去清洁公司打工，但是他们说女孩子不能做这个工作。我正失望的时候，公司的人问我要不要去做海洋清洁的工作，还劝我去考一个浮潜证。这项工作听起来很有趣，而且还有额外的补助金，我还在犹豫要不要接受，没想到看起来不爱出门的西崎会主动提出这样的邀请。

"西崎你对潜水感兴趣吗？"

"没有。但是，我想认识的那个人，好像喜欢潜水。"

想认识的人——也就是"青碧大楼"业主的长子，他好像是一个珊瑚保护协会的成员。

"西崎你一天到晚都关在房间里写稿子，是从哪知道这些的？"

"我只是习惯手写原稿，又不是不会用电脑。很多人觉得网络是一个匿名的世界，但其实那些有社会地位的人往往会在网上用真名发表意见,而且他们都对公益活动感兴趣。当然,他们捐款只是为了避税吧。"

西崎说着递给我一份打印资料,上面是他在网上收集到的关于"青碧大楼"业主的信息。那个人叫作野口喜一郎,可能是因为年事已高,网上的信息全是关于他的工作的。不过,关于他儿子的私人信息倒是查到了不少,加入了很多俱乐部,什么高尔夫、骑马、雪茄俱乐部等,还有捐钱给发展中国家盖小学、在沙漠里种树、保护珊瑚,经常参加公益活动。

"很遗憾,他没有加入将棋俱乐部呢。不过,我想起来你之前不是说你公司推荐你去考浮潜证吗?加入这个珊瑚保护组织需要邀请函,你打工的地方好像也有参与类似的活动,能不能通过这层关系搞到邀请函呢?"

"很有趣的想法呢,搞不好真的能行。那么,总之我们要先考到浮潜证。西崎准备在哪里考?"

"我不行,我讨厌海。"

"只有我去吗?"

"你邀请安藤一起去不就好了。那家伙现在对将棋也痴迷得不得了,只要他感兴趣应该会答应的。要不然干脆把这个计划告诉安藤好了,他很聪明,搞不好能想出什么别的解决办法呢。"

"他也知道有人想买这里的房子，如果有办法的话早就说出来了。而且……我不太想把安藤卷进这些事情里来。"

我不知道安藤追求的东西究竟是什么，但我知道，他一定有一个很大的目标。我不愿意打扰这样的人。

"不过，这个叫野口贵弘的人，他可是在世界级的大公司里工作的，那不是安藤的目标吗？"

"那就不要告诉安藤我们的交朋友计划，我直接试着邀请他吧。"

"你还真是顾及安藤的感受呢。莫非你喜欢他？"

"西崎把人想得也太简单了。我谁也不想依靠，只想靠自己的能力活下去。"

"我觉得杉下已经足够坚强了，一边学习一边努力打工，简直充满了生命力。怎么形容这种生命力呢？你完全不需要文学的世界吧。"

为什么他要突然提到文学？我把《灼热鸟》读完了，但我不太想和他讨论我的感想，所以假装没有看完。难道他还为这件事耿耿于怀吗？我不是不需要文学，我只是没有时间沉溺于架空的世界里罢了。读书填不饱肚子，即使眼前有着堆积如山的书籍，也填不满我心灵上的空白。比起书，我更希望冰箱里能有吃不完的食物。

　　我对洋介说我要去打工，洋介说他也要去。但是，在这个连便利店都没有的岛上，根本没有店家会雇用初高中的学生来打工。我唯一能找到的工作就是送报纸，他们正好缺人手，让我明天开始去帮忙。能找到这份工作我已经心怀感激了，只是……

　　"别干这些丢人现眼的事情，我们杉下家的孩子去送报纸，让我和阿晋的脸往哪搁？"

　　母亲带着癫狂的神色打电话替我拒绝了这份工作，向对方解释说我们家一点儿也不缺钱，只是孩子到了想独立的年纪，真令人头疼。说这话的她，知道她刚才吃下去的糖醋肉是怎么来的吗？

　　我没有告诉洋介，这些食物都是用下跪换来的，如果他知道，一定会说"我宁愿饿死"，坚决不肯吃这些食物吧。我骗他说，那个女人其实人还不错，对把我们赶出去的事情心怀愧疚，但是给我们钱的话被父亲知道了会很生气，所以只能给我们一些饭菜。

　　一开始，洋介坚决不肯吃那个女人亲手做的饭菜，最后也敌不过饥饿感。而且，那个女人做的饭菜很好吃。她的长相很立体，看起来有些张扬，但几乎不怎么化妆，穿着打扮看起来也很朴素。如果她只是亲戚家的阿姨的话，我大概会对她心生好感。

但女人对我砸坏她梳妆台的事情一直怀恨在心，每次都让我下跪，说什么没有诚意啊，不知道我想干什么啊，故意想办法刁难我。每一次，我都感觉自己嘴里，仿佛被塞满了我看不见的沙砾。

虽然打工的事泡汤了，但只要坚持忍到下个月的生活费打来就好，我已经把银行卡收好了。

地狱般的一个月终于过去，我等了又等的汇款日终于到了。一放学我就赶紧取了钱，去买了米、蔬菜、肉等食材。再也不用给那个女人下跪了。我绕道去了凉亭边，用剩下的零钱给自己买了一罐很甜的咖啡。将咖啡一口气喝光，我感觉自己空荡荡的脑子里，好像被一点一点地注入了能量，嘴巴里那干涩的触感也在慢慢消退。我要努力做出比那个女人做的好吃得多的饭菜，要给洋介做很多他喜欢吃的菜。

我回到家里，看见客厅里有一个陌生的年轻男人，他穿着西装，满脸都是笑意。母亲应该一整天都待在家里，此时却穿着外出才会穿的连衣裙，坐在男人的对面。这是什么人？我站在门口犹豫了一下，母亲看到我立刻迎了上来。

"希美，我等你好久啦，你怎么能随便把银行卡拿走呢？妈妈今天看了几个很漂亮的吊坠，还不知道选哪个好呢。"

沙子好像又回到了我嘴里，我的呼吸好像都停了。桌上放着一个垫着天鹅绒的方形盒子，里面放着几个闪闪发光的宝石吊坠。

"钻石吊坠我已经有了，不过这种造型的我还没有呢。你觉得哪个好看呀？还是都买呢？"

"这个多少钱。"

我没有看母亲，直接问男人。

"今天我带来的都是比较日常的款式呢，价格也都很实惠，在 20 万日元左右。"

"不好意思，我们家买不起，请您回去吧。"

"希美，你在说什么？"

"好了闭嘴，你回房间去。"

母亲没有回房间，而是生气地坐回椅子上瞪着我。我无视了她的目光，继续对男人说道：

"我们家每个月只有 20 万日元的生活费，要供一家三口人的开销，这个月还要付上个月的电费、煤气费和电话费，我们没钱买什么吊坠。"

男人脸上的笑容一下子消失了，风卷残云般地收拾着东西。

"如果是这样，就别把我叫过我来啊。害别人特意跑到这种偏僻的岛上来。"

"对不起……"

原来不是上门推销，而是母亲特意把人叫来的，而且是从岛外叫来的。我正低头道歉，一旁的母亲突然放声大哭起来，像个孩子似的趴在桌上，哇哇地哭喊着。原本很生气的男人啪的一声把自己的皮包关好，同情地看了我一眼便离开了。

几乎前脚挨后脚的，洋介回来了。他看向我，问道："这是怎么了？"一听到这话，母亲立刻抬起了头。

"小洋，你听我说，希美真是太过分了，她居然不让妈妈买吊坠。"

"这也没办法吧，我们家哪有闲钱买那些东西？"

"可是，上个月我也买了化妆品啊，我们还不是一样活得好好的？"

"那是姐姐——"

"洋介！"

我喝止了洋介，又看向母亲。

"总之，上次那就是最后一次了，请你不要再乱花钱了，明白吗？"

"我不明白，我不明白，希美你不是也知道吗？妈妈必须保持漂亮的样子，不然等阿晋来接我的时候该怎么办呢？妈妈可是为了你才从那个家里离开的，你为什么要这样对我？"

"别闹了！你不就是因为总这样乱花钱才会被抛弃的吗？连饭菜做得都不如那个人好吃，你也多从自己身上找找原因吧！"

"那个人？饭菜？你怎么知道的？"

"你不是都已经吃了整整一个月了吗！"

在洋介喊出这句话的同时，母亲昏了过去。她早已经习惯接受别人赠送的东西，但自己受了丈夫情人的施舍这件事情，对她应该造成了很大的刺激。我和洋介一起把母亲搬到床上。我想，无论如何，她始终是最可怜的那个人，从来没有人教过她该如何独立生存，到了这个年纪却突然被人抛弃了。

那天的晚饭，我们吃的是咖喱饭。看着满满一大锅的咖喱，我的心仿佛也被填满了。

"姐姐，你准备的分量也太多了吧。"

"没关系，冷冻起来就能放很久，也不用天天都吃这个。而且，如果每天都吃咖喱的话，就不用考虑每天该吃些什么了，这样就有空闲可以想我们喜欢的事情，不也挺好的吗？"

自从大脑变得一片空白后，我好像获得了无论看见什么，都能把当时的画面像照片一一清晰地记录下来的能力。又过了一段时间之后，我才察觉到这一点。而这，或许应该感谢一个人，那个时候教我们的上课总打岔、聊起将棋话题的语文老师。

交朋友计划进行得比我们想象中更顺利。其中最关键的因素是，安藤居然拿到了野口先生公司的内定。我们加入珊瑚保护协会后，可以在官网上看到野口先生的一些信息，比如他的兴趣是下将棋，而且他马上要去石垣岛旅行。只是，就算他对将棋感兴趣，也不一定会跟我深入交流，很可能只是寒暄几句就把我们打发走了。于是，我决定让他欠我一个人情。

在第二次浮潜之前，我偷偷关掉了奈央子的氧气瓶开关。从沙滩上下水进行第一次浮潜时，我就注意到奈央子的动作很笨拙，看来潜水设备对她来说实在太过笨重了。我猜，她一定不会在下水之前再检查一次设备。果然，她直接跳了下去。

　　与从沙滩上开始的浮潜不同，从船上入水时，会感觉像被人丢到海里了一样，因为水温低，海水又十分昏暗。一般来说，我们都是一个接一个按顺序下水，等确认所有人都安全之后，才会开始下潜。奈央子一跳下水，就引起了骚动。习惯潜水的人，就算发现呼吸设备有问题，也可以自己浮上水面呼吸，甚至说句"我可真笨，居然忘记了"之类的玩笑话，然后重来一遍就行了。但奈央子显然没有这么从容，她沉在离水面大概一米远的地方，完全浮不上来。

　　为了把女生安排在队伍的中央，我们是按照教练、安藤、我、奈央子、野口先生的顺序下水的。

　　野口先生还在船上，我抢先一步，在教练赶到之前扶起奈央子，把她托出了水面。我一边让她深呼吸，一边悄悄打开了氧气瓶的开关。即使有人看见，我也可以用"我刚好看见开关没有开"来解释，不过谁也没有注意到。我一边想着，这样等会就有理由去找他们搭话了，一边反复询问奈央子"你没事吧？"野口先生也下了水，一边安慰着奈央子，一边带着她慢慢下潜。

　　连光线都照不到的海底，这里是我从来未曾见过的世界。这里为什么会有这么多颜色如此鲜艳的生物呢？如果从这里重新浮上海面，会不会到达另一个世界呢？如果我们到达的是一个文明发展落后的世界，安藤一定会手足无措吧。但是，他一定能积极地想出解决的办法。就在我看着前方的安藤胡思乱想时，透明的海水中突然卷起了一阵风暴，浮沙翻涌，夹杂着一些被折断的珊瑚枝，视线变得一片浑浊，简直像是在海底遭遇了龙卷风一般。

引起骚动的是奈央子，她好像实在害怕得受不了了，教练只能带着我们一起回到了海面上。如果团队的人数再多一点，就会配备两个教练，这样一来就可以由其中一名教练带着野口先生和奈央子上浮回到船上，可惜我们队伍里只有一名教练。

回到船上，脱下设备，喝了一杯温热的红茶，奈央子还在不停地发抖，我们只能放弃第二次潜水，回到了港口。

西崎，我要去看看魔鬼鱼！等我回来就告诉你它们长什么样子，这样你下次就可以用魔鬼鱼做素材了。新人文学奖不就是要冲击力吗，你讲一个关于可怕的魔鬼鱼的故事，那些评委一定会被吸引，想知道"为什么是魔鬼鱼"？然后一直读下去的。如果我看到一本叫作《灼热魔鬼鱼》的书，我肯定也会想拿起来看看的。

出发前我还对西崎夸下海口，这下却因为我的小花招彻底泡汤了。安藤也很失望地收拾着器材，我跟在他身后，在心中默念了一句：对不起。不过，也因为这件事，野口先生决定请我们吃饭，对安藤来说这应该也算是因祸得福了吧。

我很庆幸叫了安藤一起来，尤其是在吃完那餐饭后，我更这么觉得了。如果我是一个人来的，或者是邀请了其他女性朋友陪我一起，就算野口先生同样会邀请我去吃饭，但我和他们的交往应该也就仅限于这餐饭了。无论我参加再多的志愿活动，无论我的将棋技术再怎么好，恐怕也无济于事。

男人有男人的本分，女人有女人的本分。野口先生一边用餐，一边喝着酒，提到了好几次这句话。他大概是想炫耀自己的工作能力，能给妻子提供她所想要的一切东西，而他的妻子也从来没有反驳过他说的任何一句话，大家都羡慕他能拥有这样的妻子。

下棋的时候也是，安藤说："杉下比我厉害，这家伙知道的棋路可多了。"野口先生却只是说"还是来一局男人之间的较量吧"只和安藤下起了棋。虽然他嘴上说着什么男人的较量之类的，但其实应该只是不想输给女人而已吧？尽管如此，事情的走向倒是令我非常满意。

野口先生和一个我非常熟悉的人很相似，就是那个自称命不久矣但依然活得生龙活虎的父亲。那么，奈央子会像谁呢？她穿着一身蓝色的天竺棉长裙，戴着小巧的钻石项链，这身打扮十分低调，却很适合长相美丽、皮肤白皙的她，也和南国度假酒店的气氛相得益彰。而我穿着白色蓝色碎花连衣裙，佩戴了一条蓝宝石项链——这是那个人的生日石。

　　"杉下，你怎么带了这样的衣服？还化了妆。"

　　到了约定的时间，安藤来接我，看见我的打扮，他着实吃了一惊。我们本来就是出来玩的，就是没有交朋友的计划，我也会带些像样的衣服，平时离开公寓出门时我也会化妆。难道这副打扮果然还是不适合我吗？尽管这套衣服是那个和我长相极其相似的人挑选送给我的。

　　奈央子身上有着一种华贵的气质，这正是那个人身有，而我并不具备的气质。奈央子总是挽着野口先生的手，跟在落后他半步的地方，这一点也和那个人一模一样。如果离开了野口先生，奈央子应该也会活不下去吧。

　　吃完时，野口先生向我们道歉，说难得的潜水，害得我们只能下潜一次真不好意思。但奈央子一脸若无其事，还说比起潜水，在沙滩上捡贝壳要开心得多。说着，她还送了一个淡粉色的螺纹贝壳给我，一个褐色有图案的螺纹贝壳给安藤。

安藤接过时，我仿佛能听见他心里的声音在说：这是什么玩意啊？他说不定会把这个贝壳当成给西崎带的礼物呢。

就在我又开始胡思乱想的期间，奈央子说起了她去上厨艺课程的事。她报的班不仅会教授厨艺，还会教授装盘的技巧之类的。奈央子带着几分撒娇的神色，用让正在下棋的野口先生能听见的音量说，她已经学得很不错了，可惜没什么机会给她练手。野口先生于是邀请我们，有机会的话可不可以满足一下妻子任性的请求。

"有机会的话一定，也请顺便指点一下杉下呢，这家伙虽然厨艺相当不错，但每次都直接用保鲜盒装菜摆在桌上，用叉子叉着火腿直接放火上烤之类的，真是没有一点待客的精神。"

别人好心好意地分食物给他，他这是什么态度？虽然安藤有点令人生气，不过，定下了回东京之后一起聚餐的时间，我心里默默欢呼着：交朋友计划大获成功！喝着服务生端上来的还闪烁着烟花的鸡尾酒，我心情好极了。

海风拂面，我望向安藤，他正紧锁眉头盯着棋盘。不知道为什么，我总觉得他的身影突然变成了另一个人——那个曾经拯救过我的人。

母亲的奢侈病一个月至少要犯上三次。她每次都轻描淡写地许下根本不会遵守的承诺，比如什么只要买了这件衣服，这辈子都不再买新衣服了，还煞有介事地写在便笺纸上。有时她又会虚张声势地拿出母亲的权威，说她已经订好了，不要让她丢脸。甚至有时她还会趁我睡着时，用双手拼命摇晃我的身体，哭喊着让我给她钱。

只要努力放空大脑，我就可以狠下心来严词拒绝她，但洋介不行。看着原本开朗外向、正义感很强的洋介一天天变得沉默寡言，我想，这样下去不行。

"洋介，你去读岛外的私立高中吧，那边的教育条件更好，还有各种社团活动。你要是去住校的话，生活也会过得比现在规律，还能认识些新朋友，这是一举两得呀。"

"姐姐，你和那个人单独生活，不要紧吗？"

"我高中毕业也会离开岛上的，比起立刻赚钱，先去上大学，然后找一家好公司上班，经济独立更重要。你不用担心钱的事，这个世界上有很多理想的制度，只要妥善运用这些制度就好了。"

"那个人，一个人没问题吗？"

"她现在只是觉得还能依赖我们。等到她不得不一个人过日子的时候，自然就会独立起来的——希望如此吧。"

4月，洋介去了岛外的高中上学。我对母亲说，洋介早晚要继承公司，所以得好好学习，于是母亲高高兴兴地送洋介出了门。

我本来觉得，只有我一个人要忍受这种生活，这是一件好事。但等洋介离开我才发现，母亲变得比以往更令人难以忍耐了。我意识到，以前我们是用少数服从多数这招，在一定程度上控制住了母亲的奢侈病。而且，不管生活多么令人窒息，只要和洋介一起去凉亭里，看着家里说说母亲的坏话，看向城堡说说父亲的坏话，心情总会好上许多。

但现在，每当我因为无法忍受和母亲同处一个屋檐下而逃到凉亭里时，又会因为看见城堡而怒上心头。我已经没有任何容身之所了。

我不知道，离开岛上的那一天，和我精神崩溃的那一天，究竟哪个会先到来。就在我快要受不了了的时候，我搬到了他后面的座位上。

最后一排靠窗的位子对我来说非常舒适，个子高的成濑搬到我前面来以后，这个位置变得比以前还要舒适上几倍。我有几个月没有像这样望着窗外发呆了？每当我走在外面时，岛上的人总是盯着我看，来学校里同学们也会远远地对着我窃窃私语。原来逃离这一切的感觉这么心情愉悦。

谁的背后也躲不下成濑，而成濑自己或许也早就意识到了这一点。那伙男生因为嫉妒他，故意嘲笑他让他出丑时，他也完全可以充耳不闻。有小道消息说他家经营的饭店最近要被卖掉了。那些人为了这些和他本人的品行根本毫无关系的事情，故意问他："听说你们家要倒闭了，是不是因为你老爹喝多了酒闹出事来了？"这种时候他也能用一句"关你什么事"来简单地打发掉那些人。

这么说也许有些对不起成濑，但是我总觉得，他和我是一样的人。我一直想向他搭话，却一直没有找到机会。有一次，我在课堂上看着剪报，新来的数学老师故意找我麻烦，成濑偷偷告诉了我那道题的答案。从那之后，我们就经常聊起将棋的话题，关系稍微变得好了一些。

但是，我们从来不和对方说起自己的私事。因为他从来没有问起，我也不想主动把家丑往外说，因为那样做的话，就好像是在对人说："请可怜可怜我吧。"每次搜集到新的棋局，我们俩就会一起去那个凉亭里，一起喝甜甜的咖啡，成濑思考如何破解棋局，我则在一旁眺望着大海发呆。有一天，我不经意间发现，成濑也在眺望远方。他在看什么？顺着他的视线望去，我看到了成濑家的饭店。以前，我也去他家的店里参加过几次家里的亲戚和父亲公司的同事举办的宴会，那是一家非常传统的老店，名叫"涟漪"。

对成濑来说，那家饭店的意义，恐怕就和城堡对我的意义一样吧。

成濑注意到我在打量他眺望的方向，一句话也没说。我却有些高兴，因为我觉得，这是我们心中拥有同样感受的证据。

最开始，我记忆将棋棋谱，只是为了往我变得像空白磁盘一样的脑子里输入一些数据而已，对将棋本身我并没有多少兴趣。和成濑熟悉起来以后，为了找到和他搭话的借口，我开始热衷于将棋节目，收集棋谱的剪报。我也想试着自己找出棋局的破解办法，却怎么也想不出来，而成濑却在一节课里就轻松地想出了办法。我忍不住夸他："好厉害！"他一边说着"这哪里厉害了"，一边又做完了一道数学题。从那次以后，我就不再把称赞说出口，而是用按动三次自动铅笔来表达"真厉害"的意思。

好厉害。好厉害。好厉害。

我想，成濑应该能做出更厉害的成就，我希望他不受任何人的影响，能够在更广阔的世界里发挥他所有的才能。——尽管，我已经没有替别人的将来祈祷的余力了。我本来准备把读大学的事情一直瞒着母亲，到最后关头再告诉她，没想到学校却把这件事情透露给了她。

"希美不在了的话，妈妈该怎么办？妈妈的身体这么差，没有希美在的话，妈妈一定会死的！"

她一会儿痛哭流涕，一会儿愤怒地吼叫，一会儿抱着我说她以后再也不会乱花钱了。我又不是她的女佣。

"父亲不是因为嫌弃我和洋介，才把我们赶出来的吗？洋介已经搬去宿舍住了，我也离开的话，我们这些讨人嫌的家伙就都不在了，父亲不就会来接你了吗？你该高兴点。"

我的话应该还不如她之前常说的那些话的十分之一刻薄，母亲却因此崩溃了。她整夜整夜地哭喊着想要回家，有时还会把我摇醒，央求我："带我回家吧。"等到天亮，她才睡得像是死了一样，但这时我已经无法再入睡了。也许是因为睡眠不足，加上肚子饿，我再次开始逐渐崩溃。

救救我吧。救救我吧。救救我吧。

我在成濑背后，反复按动四次自动铅笔。

我唯一能够躲避母亲哭嚎的地方，就是那个凉亭。凉亭原本是个约会的好地方，但也许是因为在这里能够听见鬼屋中传来的哭喊声，天黑之后根本没有人会踏足这里。不过，我们这里本来就没有什么会去约会的年轻人。在这里，能够看见万家灯火，却看不见城堡，这让我的心情稳定了很多。

对了！只要城堡没了不就好了？那个重要的地方消失了的话，母亲也不会总是念叨着"要回家"了，也许她能因此认清事实，稍微振作一点。

消失吧、消失吧、烧光它！

放一把火吧。但放火是很严重的罪名，我要为了谁去犯下这样的滔天大罪呢？如果有人能替我放一把火就好了。有谁、有谁、有谁——

我想象着城堡燃烧的样子，母亲每晚的哭泣也因此变得稍微容易忍耐了一点。我开始着手准备升学的材料。我不想依靠父亲的资助，所以决定申请奖学金。

就在那个时候，我听说了成濑家的店要改成街机游戏店的传闻。一开始，我还以为这不过又是一个离谱的谣言而已，但成濑在凉亭里告诉我，他决定不去读大学了，我才知道原来流言是真的。

我能为他做些什么吗？虽然不是替他人操心的时候，但我无论如何，都想要帮成濑做点什么。

但是，成濑自己好像已经放弃了一切，他似乎失去了什么东西，那份一直被他隐藏在内心的东西。不，也许他一开始就不曾拥有？只是我为了找到寄托，为了走出眼前的困境，把自己的想法强加在这个坐在我前座、几乎没怎么说过话的男孩子身上了而已。

就像是想象放火一样。

又过了一周，我和平时一样在凉亭里发呆，突然，我注意到黑暗中有一个地方亮了起来。那不是灯光，那是——火。我以为是我太过希望城堡被烧掉，以至于产生了幻觉，但认真看了好几遍，火光没有消失，反而越烧越旺。

城堡烧起来了！

我像做梦一样地跑下山，先是一股异味冲进我的鼻子，接着我看到了浓烟，然后是火焰。这里离城堡还有一段距离，烧起来的是成濑家的饭店。消防车还没有来，已经有人在附近围观了，我和送报纸的阿姨擦肩而过。

接着往前走，我看见成濑站在前面。火星缭绕在他身侧，他就那样笔直地站立着，在餐厅正面口看着它燃烧。

是他放的火。他为了留住重要的地方而放了火。

我靠近成濑，轻轻碰了碰他的手腕。就是这只手放的火。在接触这只手时，眼前的火焰仿佛进入了我的身体里，把城堡、母亲、父亲、那个女人全都点燃了。消失吧、消失吧、烧光他们！还有，谢谢你，谢谢你救了我。

成濑、成濑、成濑——我能为你做些什么？

西崎，这是给你的礼物。是我们在南边的岛上遇到的公主殿下送我的哦。你把它放在耳朵边上，说不定还能听到公主充满爱意的留言呢。

安藤果然把从奈央子那里得到的贝壳送给了西崎。我也觉得，这东西没有认真对待的必要，也把它送给了西崎。

"西崎，不管你是男人、女人还是鸟，只沉浸在自己的世界里，可是写不出有意思的小说的。你也不怎么出门，要不要试着写下别人替你想的主题？"

安藤总是喜欢一边喝酒一边念叨西崎，说什么"你还是先毕业再说吧""把写小说当成兴趣，你先找个工作怎么样？"之类的话。不过，偶然他也会给西崎一些关于写小说的建议。也许他其实很想和别人搞好关系，只是不好意思坦诚说出口。证据之一就是，他虽然也经常嘲笑我，每次邀请他，他都说自己没那种闲工夫，但将棋也好，浮潜也好，去清洁公司打工也好，他最后都陪我一起去了。

如果我告诉他我们想守护"野蔷薇庄"的话，他嘴上会说，干脆卖掉让爷爷住进有养老服务的公寓里对爷爷的将来更好，但一定会比谁都积极地帮助我们。更何况他现在和野口先生也很熟了，他可能会立刻去找野口先生商量吧。比起我，野口先生更愿意信任安藤，由他去说的话成功率也会比较高。

如果野口先生的父亲已经决定要出售"青碧大楼"了该怎么办？那栋楼的主人是野口先生的父亲，我不清楚野口家的亲子关系如何，万一和我们家的关系相似的话，那野口先生绝不可能说服他的父亲。那种人是说不通的。而且，万一这件事成为使他们的亲子关系恶化的导火索又怎么办？

野口先生一定会因此迁怒安藤，责怪他给自己找麻烦吧。安藤好不容易才拿到心仪的内定机会，如果在进公司前就惹怒了上司，那他的努力不就白费了吗？所以，绝不能把安藤卷进这件事情里来。

我把野口夫妇的事情告诉了西崎，他惊讶地说这简直是奇迹。他说，虽然想帮爷爷实现愿望，但也没想到事情竟然会这样发展。我仔细一问，才知道他在调查发现野口先生参加了这个珊瑚保护组织时，只是打算把这个当作劝我去考浮潜证的借口而已。

"因为你不是正犹豫着要不要考浮潜证嘛。要是你好不容易考过了，却只能做些海底清洁的工作，岂不是很无聊？

不过，这东西当成兴趣来玩的话也挺花钱的，要让勤俭的希美花钱，可得找个好理由不是吗。"

"那你干吗还要让我去冲绳？"

"你和安藤两个人玩得不是挺开心的吗？要让他出去玩也得找些理由呢。作为兄长，我真希望看到你们两个能在一起。你觉得安藤怎么样？我觉得他很不错，又有出息，看起来也能保护你。"

西崎想的事情，可以说对错参半。

我和安藤的确很合得来，但我很难想象以后我们会在一起。我想起了在石垣岛上见到的野口先生和奈央子，我把他们在想象中替换成我和安藤，我绝不会挽着安藤的手落后他半步，也不会用指尖戳他，向他撒娇。安藤也不会供养我吃饭，不会给我买项链、买昂贵的美容液。我想要的东西只会靠自己得到。

而且，这番对话要是被安藤听到，他一定会生气的。

"西崎说这样的话，你是不是喜欢我？"

"你这家伙还真自信呢。"

我开了个玩笑岔开话题，西崎一脸愉快地笑了起来。

交朋友计划大获成功，机会难得，我们便继续商量下一步的计划。我提议，对野口先生这种人，干脆开诚布公地直接拜托他，可能是最好的办法，西崎便建议我给野口先生写一封信感谢他邀请我们去吃饭，顺便告诉他我有一件事实在找不到别人可以商量，问问他能不能和我聊聊这件事。

我按西崎所说的写了这封信，还加上了一句"请对安藤保密"，把信寄给了野口先生。两天后，野口先生给我打了个电话，约我在野口先生公司附近的咖啡馆见面。

我向他讲述了我来到东京以后就一直居住的"野蔷薇庄"公寓将要被人收购，虽然房东爷爷已经拒绝了好几次，收购的人却不依不饶地一直上门劝说的事情。我还说，最近我们查到有一栋叫作"青碧大楼"的房子，业主也拒绝了收购，那个人的名字叫作野口喜一郎，这个名字很常见，但对方好像是个名人，如果是野口先生认识的人的话，可不可以请他和我们商量一下。

我担心野口先生会怀疑，我们一开始就是抱着这个目的接近他的，好在野口先生丝毫没有起疑心，只是说了一句"啊是那里啊"，他父亲在东京似乎有很多处房产。

野口先生告诉我，"青碧大楼"是他父亲在泡沫经济时代买下的，当时的地价是现在的几十倍，如果收购金额不能达到当时他父亲买地的价格，他们是不会出手的。而且，规划修建"小东京（暂定）"的候选地段还有另外两个，地产商也决定要暂时先观望一下，看看新的地铁线路如何规划再做决定。

我完全不知道这些事，我想爷爷肯定也不知道。

野口先生让我不用担心，还说有什么新消息会随时告诉我。

"对了，为什么要对安藤保密？"

"因为野口先生很重感情，如果我和安藤一起来的话，就算事情对你来说很麻烦，看在即将成为你公司后备的安藤的份上，你可能也会勉强答应吧？那样就太不好了。"

"原来如此。不过，能避开安藤私下见你倒是个好机会，我也有件事想拜托你，记得对安藤保密——作为提供信息的回报，你能做我的幕后智囊，陪我下将棋吗？"

"我可没那么厉害，恐怕当不了什么智囊呀。"

"你与安藤对局的胜负如何？"

"迄今为止，是我全胜。"

"那就足够了。"

在石垣岛上，野口先生输给了安藤，他是想要一雪前耻吧。如果他只是业余爱好的话，凭我至今为止积累的数据应该足够应对了。不过，我感觉我记忆的功能最近似乎有所下降，以前我能把所有看到的图像清晰地储存起来，现在却似乎变得模糊了起来。

　　我意识到，安藤在"野蔷薇庄"居住的日子只剩下一个月了，于是准备给他做些他爱吃的萝卜煮鲫鱼。这时，安藤突然来了，还说让我跟他一起去打工，说是本来要和他搭班的同事突然肚子疼来不了了。我们的工作是在夜色中清洁大楼。让我们两个人清洁这样的楼层，也太辛苦了吧？我一路抱怨着，跟着安藤坐上了业余专用电梯，来到了大楼的最顶层。

　　"你当初打这份工，不就是为了想坐吊车吗？我之前也受了你不少关照，在我离开公寓之前，总要把这份人情还给你。"

　　安藤说着从清洁公司发放的清扫工具袋里面拿出了十公斤重的浮潜配重带。他把配重带递给我，让我绑在身上，说这样一来，我的体重就不是问题了。

　　我小心地坐上了吊车，安藤把吊车下降了一点，然后停了下来。

　　刚来到屋顶上时，深蓝色的天空中较低的地方，流淌着一道淡淡的白色雾霭。而此刻向外望去，那道白色的雾霭似乎越升越高，逐渐向高空飘去。因为朝霭，地下一片白茫茫的看不清楚，我仿佛置身于云端之上，站立在高得令人畏惧的地方。这栋大楼高 250 米左右，这里应该比凉亭的位置更高。

岛上最高的青景山，比东京铁塔的高度还要低一点。原来我就是站在那种甚至没有人造建筑高的小山的半山腰上，祈祷着希望能看见大海的尽头啊。

——我看见海了。

我搜刮出了脑海里所有能想到的话，仍然觉得没有充分表达出我的想法。其实，除了一句"谢谢"，我好像也说不出其他的话。

吊车随风晃动，我的身体也好像被什么东西吸了起来一样摇晃，站不稳当。我吓了一跳，但安藤好像一点儿不受影响似的。这可能就是他们不允许我坐吊车的原因吧。

我想，安藤未来一定会爬到我难以企及的高度，我有点儿羡慕他，也很替他高兴。刚才摇晃的时候，我顺势抓住了安藤衣服的下摆。如果一直这样抓着他的话，他会把我也带到我无法前往的地方吗？

不，只是因为在吊车上，他才会允许我这样抓着他吧。要是在地面上这样依靠着他的话，他一定会生气地说："自己站好。"他只不过因为即将要离开"野蔷薇庄"了，才带我来这里而已，但我真的觉得很幸福。

　　我能为安藤做的事就只有放手，为他加油，目送他远去。无论是谁，我绝不允许任何人妨碍安藤。

十年后

　　有件事，直到十年过去我才反应过来。我和成濑一起看着火烧起来的那天，我以为那些让我嘴里如同喊着沙砾一样苦涩的事情，都随着火焰一起燃烧殆尽了。我把奖学金的申请书给了成濑，对他按动了五次自动铅笔，表达"真的谢谢你"之后，我去向父亲低了头，离开了岛上。我以为，我将要从零开始全新的生活。

　　我刚离开不久，母亲的王子就从天而降了，那是她小时候的青梅竹马，最令我烦恼的问题也随之消失了。

　　但是，我还是会用大锅准备一大堆食物，用装着小菜的保鲜盒填满冰箱。每当这种时候，我都会感到，自己内心果然还是有哪个部分已经坏掉了。在"野蔷薇庄"遇到西崎和安藤以后，我一点一点好了起来。直到和安藤一起坐完吊车，回到公寓后，因为肚子饿，我们把冰箱里的小菜全部都吃光了。看着空荡荡的冰箱，我感觉嘴里的沙砾已经完全消失了。

那天晚上，我去百货中心买了一口电锅，叫上西崎，我们三个人第一次聚在一起吃火锅。自那天起，我决定以后想吃什么就准备什么，能吃多少就准备多少，不再囤积食物了。我把这件事告诉了房东爷爷，问他有什么想吃的，他很高兴，直说那真是太好了。

真是太好了，我曾经以为，爷爷这么说是因为可以点到自己喜欢吃的菜了。后来我才想明白，也许爷爷早就已经发现了我没有储备食物就会焦虑的毛病。太好了的意思是，我的焦虑症好转了，真是太好了的意思。一定是这样。

但我只正常了几个月。

有一天，我那不到十平方米的房间里，被人搬进了一架梳妆台。

第五章

《烙印》

行动和理由，无论何时何地，都必须是相互对应的吗？

无论怎么在事后找理由，已经发生了的事情都不会改变。尽管如此，人为什么总是要追问动机、经过，一定要得到一个理由才肯罢休呢？

学龄前的孩子捧着没有把手的杯子，喝着里面的牛奶。杯子对他来说有些太大了，杯子里装着冷牛奶，杯子外壁上挂着凝结的小水珠。孩子手一滑，杯子掉到了地板上。杯子在坚硬的地板上摔得粉碎。孩子急忙从椅子上跳下来，伸手捡起杯子的碎片。他右手的食指一阵刺痛，仔细一看，那根还没有 5 厘米长的手指上浮现出了赤红的血珠，像一颗圆圆的小球。就在孩子盯着血珠看时，身后传来了女人歇斯底里的声音。

"你干了什么！"

那是孩子的母亲。孩子吓得肩膀一抖，正准备回头看时，女人已经伸手过来，从后面抓住了他圆领 T 恤的衣领，用力地把他拉了过去。孩子被勒得喘不过气，用手拼命抓住衣服前领，摔倒在洒满牛奶的地板上。孩子努力蜷缩起身体，女人却像踢足球一样，用力猛踢孩子的背心和侧腹。

"对不起，对不起……"

孩子哭得几乎发不出声音，仍然不断向女人道着歉，但女人完全没有停下来。不仅皮肤很痛，身体深处也能感受到剧痛，孩子一边忍受着疼痛一边思考道：自己为什么会被踢呢？是因为杯子掉到了地上，因为打破了杯子，因为弄翻了牛奶，因为搞脏了地板，因为浪费了食物。所以挨打也是应该的。

他完全失去了喊叫的力气，意识也好像要渐渐消失了。这时，母亲停了下来。她用双手抱起了孩子，用力将他揽进了怀里。

"很痛吗？"

母亲用温柔的声音询问道，孩子虚弱地点了点头。母亲的眼泪如同决堤一般涌了出来。

"对不起，对不起，不要讨厌妈妈。小真的手流血了，妈妈最宝贝的小真受伤了，妈妈真的很难过。妈妈让小真痛苦，绝对不是因为妈妈讨厌小真，是因为妈妈比世界上任何人都爱小真噢。"

指尖的那一点血，早就已经消失了。但是，手腕上和腹部前几天留下的伤痕还是红黑一片。母亲用洁白纤细的手指抚摸过孩子的每一处伤痕，一边说道：这些都是我爱你的证据。

母亲在自己身上留下了无数伤痕。她之所以这么做，是因为爱。

孩子和母亲两个人单独生活在这个高层公寓里，从窗户里看出去，外面除了天空什么也看不见。从孩子记事起，他就没有见过父亲。

如果爱是暴力的借口，这样的爱他不需要。如果见识过更为广阔的世界，孩子是否能够坚决地对母亲说出这样一番话呢？

孩子开始上小学了，他穿上长袖长裤，遮掩手上和腿上的伤痕。但一个很有正义感的年轻男班主任，因为孩子在夏天也穿长袖而起了疑心，趁孩子不注意掀起了他的袖子，看到了他身上遍布的红紫伤痕。老师先是问孩子：

"这个红红的地方，是怎么了？"

"……我不知道。"

孩子用几乎微不可闻的声音回答道。他不是想袒护母亲，而是因为第一次发现自己所遭遇的事情会被其他大人皱着眉头询问，因此受到了冲击。而且，男班主任嘴里的烟味也让孩子觉得很不舒服，他把头扭到一边继续回答了后面的问题。

那天，班主任去了孩子的家里家访。孩子躲在走廊的暗处，偷看母亲和班主任坐在客厅里的沙发上谈话。

　　"真人同学的手臂上有很多伤痕，请问真人妈妈你知道是怎么弄的吗？"

　　"我们家孩子很调皮，一不小心就会受伤呢。也可能是他的朋友弄的？男孩子身上稍微受点伤也没什么大不了的，所以我没太留意过呢。"

　　母亲的装傻充愣让他受到了更大的冲击，原来母亲也知道，自己做的事情是见不得人的。

　　"在学校里，倒是从来没见过真人同学调皮捣蛋、跟人争执的样子呢。"

　　"老师这是怀疑我吗？那我明白告诉你，我可是世界上最爱这个孩子的人。"

　　母亲说到这里，对着走廊的方向高声呼唤道：

　　"小真，你在那边吧，你进来一下。"

　　她是怎么发现的？孩子胆战心惊地走进客厅。

　　"快，到妈妈这里来。"

　　母亲从沙发上站起来，对着孩子伸开了双手。班主任认真地反复打量着母亲和孩子。孩子一步一步地挪向母亲的方向，一到母亲触手可及的地方，母亲立刻一把抓住孩子的手，用力地将他拉进了自己怀里。

"你看他来了吧。我真的是世界上最爱这个孩子的人。"

母亲抱着自己的孩子，满脸骄傲的笑容。母亲的笑容好像吸走了班主任的魂魄一般，一个月后，孩子开始在母亲的身上隐约闻到烟味。

孩子不喜欢这个味道，但大人就是会抽烟的，他没有多想。从闻到烟味的那天开始，母亲就不再对孩子使用暴力了，也不再对孩子说"我爱你"。对孩子来说，那段日子太过舒适，身体仿佛都要融化了一般。

又过了半个月，原本只是身上带着烟味的母亲开始公然在孩子面前抽烟。虽然烟雾缭绕的房间经常让孩子咳嗽，但这也比身上留下伤痕要好上数万倍。

有一天，孩子在学校发现班主任的侧腹部上有着红黑色的伤痕。那是一节体育课，老师要给孩子们展示垫上运动的标准动作，他倒立时衣服掀了起来，孩子隐约看见了伤痕。

那一瞬间，孩子把烟味和伤痕联系在了一起。原来母亲现在爱的是这个男人。

——真可怜啊。

暑假结束后没多久，有一天下着大雨，早上的上课铃响了之后很久，班主任也不见身影。台风马上就要来了，可能今天会停课让孩子们回家，老师们正在商量这件事情。教室里吵成一团，孩子也和大家一起叽叽喳喳地议论着。他看向乌云遍布的天空，感觉暴风雨就要来了，心里很兴奋。

过了一会，进教室里来的却不是班主任，而是教导主任。跟孩子们期待的一样，教导主任通知因为台风要来了，已经收到了暴雨洪水警报，让大家都回家去。外面雨下得很大，狂风大作，几乎都要把伞吹飞了，孩子开心地回到家里，一打开门，才发现家里已经是遭遇过台风的状态了。

鞋柜上摆放的花瓶被打碎在走廊的地上，水和花洒得到处都是。早上孩子离开的时候，家里还是井井有条的。

"妈妈。"

孩子冲着客厅呼唤道，但没有得到回应。他以为家里遭了贼，紧张得脚发软，连鞋也不敢脱。走廊尽头，母亲的房门突然砰的一声被人打开。孩子屏住了呼吸。

"什么呀，原来是小真呀。"

是母亲。她的长发一片凌乱，眼睛因为哭泣而红肿着。

"对了，你去了学校吧？今天一大早就接到了莫名其妙的电话，害妈妈心里乱得很，今天是工作日呢，时间还早呀。"

孩子一点儿也听不懂母亲在说什么。

"老师说，今天会来台风，让我们早点回家。"

听到"老师"两个字，母亲睁大了红肿的眼睛。

"是吗……你们老师还说了什么没有？"

"说让我们不要离开家。别的班都布置了好多作业呢，我们班老师好像请假了，是教导主任来通知的，一道题也没有留呢。"

"铃木老师请假了吗？为什么？"

"不知道。"

"教导主任是怎么说的，铃木老师请假的理由是什么？"

"什么也没说呢。他只说，你们老师今天请假了，所以教导主任来通知。"

"他感冒了？还是出事故了？还是家里的人有什么事？真的什么也没说吗？"

"真的什么也没说。我听得很清楚，比起这个……"

孩子看向走廊，在被打碎的花瓶旁边，摆钟、拖鞋乱七八糟的散落在地上，应该是有人把自己能抓到的东西全都乱扔在了地上。

"别管那些，快进房间吧。不要以为没有作业就可以偷懒，去看看书吧。"

因为母亲的语气很严厉，孩子听话地进了房间，但是他的房间里除教科书以外一本书也没有。

——男孩子不要整天关在房间里读书，免得变成那种满嘴歪理的人。

母亲从不给孩子买书，似乎是因为那个早就和母亲离了婚的父亲非常爱看书。但孩子对这点并没有什么不满，因为在其他的娱乐方面，他并没有不如别人的地方。

他玩了一会游戏，又看了一会电视，发了一会呆，觉得肚子饿了，就走出了房门。从母亲的房间里传出了哀嚎声。

"健一、健一，我绝不原谅你！"

孩子们经常称呼铃木健一老师为"健一老师"，所以孩子知道班主任的名字。母亲的样子和班主任没来学校这件事有什么关系吗？但他不敢去询问母亲。

走廊上还是一片狼藉，没人收拾。客厅里也乱七八糟，简直无处落脚，他得穿过好几座玻璃堆成的小山，才能到达厨房。

没有办法，孩子只能吃掉了学校带回来的面包和牛奶，勉强填饱肚子。

风雨猛烈地撞击着窗户，台风终于来了。这时，孩子的房门被人打开，母亲一手拿着烟走了进来。她盯着孩子正拿着游戏机的手，说道：

"你看了书吗？"

"可是，我没有书呀？"

"学校图书馆里不是有的是吗？"

他从来没有去过图书馆，母亲也从来没有让他去过。孩子低着头不说话，母亲一脚踢中了他的后背。

"没有书的话，刚才妈妈让你读书的时候你为什么不直接跟妈妈说？为什么要用这种好像是妈妈不对的语气跟妈妈说话？为什么？为什么？为什么连小真也这样？听不见妈妈说话吗？"

孩子很小幅度地摇了摇头。

"你不爱妈妈了吗？"

孩子又一次摇了摇头。

"那么，为了让你不要忘记对妈妈的爱，我要给你刻下烙印。"

右手传来一阵剧烈的刺痛。是母亲用烟头烫了上去。痛意如同一支利箭，烧穿了他的皮肤，贯穿他的身体，直刺进脑子里。他甚至叫不出声，仿佛大脑已经麻痹了，他感觉视野渐渐扭曲。

在台风来的那天，班主任从学校里消失了，学校里有传言说他疯了。

母亲又把爱投向了孩子。暑假到了，她也不允许孩子出门，她在孩子身上刻满了一生也不会消退的烙印，那是爱的证据。

一天晚上，孩子醒来，闻到了一股奇怪的臭味。

孩子走出房间，顺着味道来到了客厅里，看见母亲躺在沙发上熟睡着。她的右手垂在沙发下，还点着火的烟头掉在了短毛地毯上。孩子看见，烟头里爬出了无数橙色的小虫，它们一点一点地蚕食着地毯，只留下黑色的残骸。

孩子发愣地盯着这幅光景时，橙色的小虫们已经爬到了他脚下。小虫越来越多，从一粒一粒变成一团一团。大团虫子开始啃食沙发，接着是母亲的裙摆。

我也会被吃掉的。

孩子打开玄关的门，冲到走廊上，飞奔着从公寓的紧急楼梯上跑了下去。他拼命地跑啊跑，感觉楼梯好像永远没有尽头。他喘着气，身上那些疤痕仿佛在自己身体内部隐隐作痛。

我的身体里在烧。我会被烧死的。

孩子跌坐在地上，感受着橙色小虫从身体内部吞噬自己，闭上了眼睛。

等他再次睁开眼睛，发现自己在医院里。他得知了母亲的死讯。父亲来医院接他，看见他穿着短袖睡衣、露出的胳膊上满是疤痕。父亲对他反复道歉，连声说着"对不起"。

"我不应该把你交给那种女人的。"

孩子自己也搞不清楚，他究竟对母亲是什么样的感情，但听到父亲叫她"那种女人"，他还是忍不住觉得母亲很可怜。

父亲已经再婚了，又生了一个弟弟。继母很疼爱孩子，对他比对亲生的弟弟更好，她总是说："因为哥哥是个可怜的孩子。"

孩子转学了，为了不引人注目，新学校允许孩子在一年内穿长袖校服和体操服，还允许他不用参加游泳课。因为他是个可怜的孩子。

可怜的孩子。每当有人说这句话时，他都感觉自己过去的人生里所拥有的爱又消失了一点。

孩子四处寻找着可以独处的地方。但无论他走到哪里，都有人怀着好意，来和他这个可怜的孩子打招呼。

孩子的新家是个宽敞的一户建，里面有间书房。

只要躲在书房里，装作在看书的样子，就不会有人来找他搭话。他以前从没看过教科书以外的其他书，刚开始看书时他简直云里雾里，但一句一句地慢慢读下去，他也就渐渐习惯了阅读。

直到上中学前，他都很喜欢看科幻小说和奇幻小说，因为每次读起来，都仿佛可以穿越时间，去往另外的世界。他经常去图书馆借这些书来看，有一次他借的那本书很快就看完了，所以他随便从书架上挑了一本书看了起来。

那是谷崎润一郎的小说。他接连看完了《痴人之爱》《春琴抄》《钥匙》这几部小说，读的时候，"爱"这个字眼总是浮现在他的脑海里。明明这些应该都是被魔性之女玩弄于股掌的"可怜的男人"的故事。

母亲以爱的名义做下的那些事，在现实中只能被人同情，让他被人称呼为"可怜的孩子"。但如果用美妙的文字记录在纸上，那也可以成为爱吗？

我不是可怜的孩子。我要给那些叫我"可怜的孩子"的人看我和母亲之间的故事，我要让他们知道，我和母亲之间是有爱存在的。

我要证明，无论什么样的行为，都可以是因为爱而做下的。

只是完全记录发生过的事情的话，也不过是一个令人可怜的故事罢了。必须基于事实，进行文学性的升华，赋予人生意义。当领悟到这一点时，我手上那份写了大概20张原稿纸的作品，突然变成了毫无意义的纸张。

如果是用电脑写的，我就可以在一瞬间把它们都删光，但我偏偏是手写的。虽然也可以把它们揉成一团扔进垃圾桶里，或者撕成碎片，但是无法在一瞬间抹去书写过的痕迹。干脆把它烧了吧？

如果把一切都燃烧殆尽……

在现实世界里，放火是重罪，即使是为了爱而放的火也一样。即使暴力的理由是爱，犯罪就是犯罪；即使发疯的理由是爱，犯罪就是犯罪，只会被人认为是愚蠢的行为，被轻蔑、被指责，连曾经存在过的爱都会遭到否定。

但是，在文学的世界里，那些爱都能得到认可。

如果我想要在过去的人生中找到爱，就需要把事实升华为文学，加以修饰。光我自己认为那是关于爱的故事还不够，如果读者不能从中感受到爱的话，故事中的爱、现实中的爱也就不存在了。只有得到外人的认可，爱才是真实的。

这套说辞，我对自己说了有几年？

直到上了大学，我也不去学校、不工作，把自己关在破旧的公寓房间里，只一个劲地写着故事。

有一天我突然想到，可以用鸟来做主角，女人遭到男人抛弃，孩子因此被女人虐待，可以用鸟来表现孩子。那是一个封闭的世界，只有鸟、女人和男人，那是一个关于爱的世界。故事如泉水一般涌现在我原本漆黑一片的脑海里。自从我开始写小说，已经过去快三年了，我还是第一次有这样的感受。

我终于可以接受自己的过去了。写完那部小说以后，我第一次有了这样的预感。那部小说就是《灼热鸟》

那是一个下着雨的夏日傍晚，我看见一个女人抱膝坐在隔壁的房门口。也不知道是因为她来的时候没有带伞，还是因为这栋便宜的公寓楼屋檐漏进来的雨丝，她的长发被打湿了，雨丝顺着她的脸颊往下滴落，看上去就像在流泪一样。

我有些疑惑地停下脚步，和她对视了一眼，但我没有什么跟她搭话的理由，于是直接进了房间。过了一会，我准备去关窗帘，透过窗户看见女人还坐在同样的位置上。雨正越下越大。

我走出房门，女人向我搭话道：

"我是来拜访希美的，请问你知道她一般几点回来吗？"

她微弱的声音几乎淹没在敲打公寓楼廉价屋檐的雨声中。她又补充了一句："我忘记带手机了。"

我告诉女人，她所说的"希美"应该是去打工了，恐怕一晚上都不会回来，顺便问她要不要去我家等。我对这个女人毫无兴趣，只是觉得不能看着杉下的客人如此狼狈而坐视不理。

女人有些戒备地进了我家。我给她递了一条浴巾，又给她倒了一杯热咖啡，她看起来放松了一点。

"你和希美的关系很好吗？"

她问道。于是我把台风时我怎么认识了"希美"和住在楼上的安藤，后来三个人经常一起喝酒之类的事情告诉了她。

"哎呀，你也认识安藤吗？"

女人似乎也认识安藤，这下她好像完全放心了，开始四下打量着我的房间，视线停留在房间里的几样东西上，露出了意味深长的笑容。

"莫非你们是情侣关系吗？"

“谁知道呢。”

我笑着含混了过去，因为我意识到，女人和杉下的关系并不亲密。就连我也知道，杉下对某个人怀抱着极致的爱，而女人却不知道这一点。

她会觉得我们是情侣，应该是因为看见了冰箱上放着的那个印着海豚图案的杯子和有草莓图案的筷子吧。我家里为数不多的几个供客人使用的餐具，都是他们的使用者自己带来的。但那个海豚图案的杯子不是杉下的，而是安藤的。

他们是我在现实世界中仅有的两个朋友——不仅如此，“希美”和“望”这两个名字，也许是我和现实世界仅剩的联系。不，还有一个人，房东野原爷爷。也就是说，对我来说，这栋“野蔷薇庄”就是唯一的现实世界。

而这个女人，虽然是我主动打招呼叫进来的，但她是一个闯入我世界的陌生女人。也许我不该叫她进来的，不过，事到如今也不可能把她赶走。

“啊，这个！”

女人把手伸向书架，拿起了一个贝壳。她用手指来回抚摸着淡粉色的螺贝，还把它放在耳边听声音。

这种贝壳我原本有两个，其中一个放了几天就爬出了奇怪的虫子，于是被我扔掉了。

送我贝壳的两个人都在小岛上出生，虽然是在不同的地方。海洋是他们日常生活的一部分，几乎每天都能看到海。他们说把贝壳放在耳朵边可以听见海的声音，在他们的逼迫之下我不得不照做了。我只见了"呜呜"的声音，那只不过是血液流动的声音而已。他们把这个声音听成了海浪的声音吗？还是因为，与海洋共生成长起来的他们体内其实同时流淌着血潮和浪潮呢？我理解不了，因为我生活的世界从来都和海没有任何联系。

那是只能看见天空的四方空间。

当我说出，我根本听不见海浪的声音时，有人建议我把贝壳放在枕头下枕着睡觉。

——也许会梦见超级漂亮的大美女呢！安藤，你说呢？

——只有梦中能见到的美女，听起来不错呢。西崎，你写一本关于这个的小说如何？

那两个现实主义者难得能说出这样不靠谱的话，冲绳旅行这么令他们高兴吗？

女人依然把那个充满别人回忆的贝壳放在耳朵边，还开始流起了眼泪。她听见了什么？是海浪的声音吗？那个声音所唤醒的回忆，能让她在第一次见面的人面前流泪吗？

"早知道，就不要送这种东西给她了……"

女人小声说着。

"这个贝壳，是我送给希美的呀。"

听到这句话，我明白女人是谁了。那次冲绳旅行时，他们所结识的人之一，野口贵弘的妻子，名字叫什么来着？

"她把这个充满回忆的贝壳送给你，说明你对希美来说应该是很重要的人吧。她明明已经有了你这么好的人，为什么还要做那样的事呢？"

那样的事——是指守护"野蔷薇庄"的计划吗？杉下正是为此才邀请安藤一起去冲绳旅行的，为了结识"青碧大楼"业主的儿子，那栋大楼同样也在被收购的名单之列。送她离开时，我根本不觉得这种像小说桥段一样的计划在现实中行得通，只是觉得随便她试试也无所谓。结果杉下却带着令人惊讶的成果回来了。

之后，杉下给野口寄了信，约他出来商量了土地收购的问题。那封信还是我帮她参谋着写的。

我将贝壳放在耳边，聆听着石垣岛海浪的声音，想起和野口先生结识的那个愉快的夏日。——我记得开头是这样写的。

杉下说，野口家没有出售"青碧大楼"的打算，还说要看新的地铁线路规划，也许开发商会选别的地方建楼。我们把这件事告诉了野原爷爷,还三个人一起干杯庆祝了一番。那已经是半年多前的事情了。

"我知道,希美她想要的东西是什么。我也知道,那不过是十分无聊的俗物罢了。即便如此,我却很羡慕希美呢。我羡慕她,能够拥有想要追逐的东西。不过,我不想要成为希美那样的——卑鄙的人。"

"她,希美她想要的是什么呢?"

我顺着对方的话往下说,杉下要是知道我这样随意地叫她的名字,会生气吗?不,她才不会在意这些小事呢。在这些问题上我们还是了解彼此的。杉下想要的是——

"一个人独立生存的能力。"女人说。

初次见面的女人一语道出了我逐渐才意识到的事情。

"她想进一个大公司,赚很多钱。至少她要是对漂亮衣服什么的还有欲望的话,也会显得可爱一点。她看不起依靠男人生存的女人,不,她看不起我。我带她去逛那些很棒的店,她虽然装作很开心的样子,眼睛却一点也没有笑。她和我丈夫讨论将棋时,明明看起来很开心。"

"因为那家伙很喜欢将棋。她也老是叫我下棋,不过我完全没兴趣。"

"她都没有叫我下过棋呢。我还提过,这么好玩的话也教教我吧，她却说什么，奈央子不需要学将棋吧。那孩子，她把将棋当成了钓男人的手段。她借口下将棋，偷偷约我丈夫见面，这就是证据。"

"那是……"

我要把杉下找野口商量土地收购的事情告诉她吗？但是那样一来，可能会被她看穿我们报名和野口一样的志愿组织，去冲绳旅行这些事情都是事先计划好的。

对杉下来说将棋是一种手段。——以前我只觉得，将棋是她在乡下为数不多的娱乐活动而已，但听到"手段"这个词的瞬间，我觉得这的确适合形容杉下和将棋的关系。

"我丈夫最讨厌的就是输，其实如果是这样，那一开始就不要和人比就好了，但也许是他性格的关系吧，他又真的很喜欢和人比赛。难得我们两个人能一起出去旅行，他一看到同行的两个孩子在下将棋，眼里简直就没有我了。"

"你为什么要叫希美教你呢？让你丈夫教你不就好了。"

"那是不可能的。那个人从来不和女人比赛呢。"

"那么，他也没把希美当成对手？"

"是呀，和他比赛的人是安藤，但希美总是稳坐钓鱼台看他们对阵呢，偶尔还会逗一下安藤。"

"我知道。他们在这里也是那样，他们俩看起来挺像兄妹的吧？"

　　"嗯，真的是很像。我一开始以为他们是情侣，但又完全没有那种感觉，很令人不可思议呢。他们如果是情侣的话，我也就不会怀疑希美了。不过，即使我知道希美有你这个男朋友，还是忍不住会怀疑她。她和我丈夫之间绝对有什么。"

　　"也许只是找他商量找工作的事情吧。不管怎么说，只要你丈夫没把她放在眼里不就行了吗？"

　　"可是，她还给我丈夫写信了。虽然我只瞟了一眼，但是上面明明写着什么，听见贝壳的声音就想起你，之类的话。"

　　是那封商量土地收购问题的信。这个女人，如果不是背地里这样对着我一个外人叽叽歪歪，而是直接询问她丈夫"那封信是干什么的"，她丈夫根本就不会瞒着她。

　　"是不是那次旅行的感谢信？向你丈夫问问看呢？"

　　"不行！"

　　女人突然神经质般地高声说道。

　　"我要是敢说一点怀疑他的话，他一定不会饶了我的！"

"可是希美和安藤都说你丈夫是个温柔又体贴的人呢。"

"那是对外人，对我——你看。"

女人把长袖连衣裙的袖口翻起一点，露出了紫红色的伤痕。

"他的真实的情绪和怨气，都只会对着我发泄。那些跟我毫无关系的事情，他也要拿我来出气。比如，他在石垣岛上输给安藤的那次。"

"他打你了？"

"有时踢，有时拿东西打，看他的心情。"

"你有找人商量过这件事吗？"

"你不要误会，这都是爱的证据。他只有我，我也只有他。很痛，很绝望，有时我也想要逃走，但我绝不能容忍被其他女人取代。希美一定受不了的。我今天来就是想把这件事告诉她……我还给她送了礼物呢。平时我们逛街的时候，她总是心不在焉的，但上次我们俩去家具中心时，她居然直盯着那个梳妆台看呢。所以……"

"那不是爱。"

"我就买来给她当作礼物……"

"我不是说希美，而是你。他只是为了发泄不满，对你施加暴力，那怎么可能是爱？你只不过是在欺骗自己，把暴力当成是爱，让自己放弃逃走，放弃反抗而已。"

"你懂什么？"

"我明白的。——因为我以前也是这样，不，我现在也是这样。"

我把《灼热鸟》的原稿递给了这个刚认识不到一个小时的女人。

一滴液体滴落在原稿上。那是女人的眼泪。

"这个鸟，就是你吧。"

我沉默地点了点头。从小和母亲相依为命的孩子，以为被母亲抛弃的话就会活不下去，只能在每一次母亲将燃烧着的烟头伸向自己时，不断告诉自己，这都是为了活下去的仪式。

诱使"为了活下去的仪式"上演的原因，在故事里只写了吃饭这一桩，但其实从考试的分数到拿筷子的姿势，举行仪式的理由有很多，只是照实写的话就太不具备文学性了。

为了生存而被火灼烧的鸟。把自己想象成鸟，才能接受过去经历的人类孩子。以爱的名义掩饰愚行，虐待自己孩子的女人。从女人身边逃走的男人。我以为我已经充分描述了一切，但没有一个人理解我的文学，我的人生。

　　只有这个女人为我的世界而流下了眼泪，这个白皙皮肤上浮现着紫红伤痕的女人。而且她也相信，那是爱的证据。我给女人看了我从来不曾对人展示的伤疤，那些伤疤比女人的更丑，一辈子也不会消除。

　　"你和我是一样的。这么爱你的人是谁？"

　　我是被人爱着的吗？

　　"——我母亲。"

　　"是吗，她真的很爱你。"

　　女人拉过我的手，将嘴唇轻轻地印在我的伤疤上。她冰冷的唇瓣吸走了我身上的热量，仿佛伤痕也随之消失了。女人一个接一个地吻过我的伤疤，随着她的嘴唇离开，又重新贴上，我渐渐感觉，原来我被人如此深爱着。

　　如果伤疤再多一点就好了。

　　母亲果然还是爱我的，她是世界上最爱我的人。当肯定这些伤疤的第三人出现，我才能如此清晰地认识到这份爱。

　　"你叫什么？"

　　"奈央子。"

　　我也对着奈央子的伤痕，一个接一个地吻了下去。

我应该活在文学的世界里。这个世界被洗脑了，只会可怜那些和一般人不一样的人，认为普通才是幸福。这样的世界里没有我的容身之所，我那充满戏剧性的、命中注定的人生只能存在于文学世界里。在现实世界中，我只能躲在这个被时代遗忘的廉价公寓中，不用和任何人打交道，专心写作就够了。

我的人生早就已经被烧干净了，接下来只要能够把它升华成为文学作品，那我就此生无憾了。

——我一直是这么想的。直到台风的那天。

还不到半个小时，从门缝里漏进来的泥水就淹了30厘米高，估计很快就会淹到榻榻米上面来。我出门避难，从楼梯爬上二楼，就看见我隔壁的邻居也站在那里。

杉下希美。

这栋公寓楼每层有四个房间，一共是八个房间，除了一楼最里面是房东自己住的外，其他七间房里住的都是学生，不过我们之间几乎没有什么交流。只有房东偶尔会来问些问题，比如向政府提交的文件该怎么写，或是他想买电视购物频道上看见的某种剪高树枝的剪刀，让我教他订购之类的。

一开始，我想让他去问别人，但后来我发现住在这种便宜公寓里的人基本除了去学校就是从早到晚地忙着打工，白天基本只有我在家，所以我也就承担了他的绝大多数琐事。不过，我注意到隔壁的女孩子好像也经常进出房东家。

房东爷爷说她人很好，经常会给他送吃的来。

"也让希美给西崎分点吧，她做的饭菜很好吃。而且，我感觉你们应该很合得来。"

因为爷爷这么说，我开始对这个"希美"产生了好奇。所以，看见她靠在二楼的栏杆上时，我决定跟她说点什么。就在这个时候，二楼一号房的住户突然出来，问我们要不要去他房里避雨。

我从没想过去别人房间做客，也完全不想让人进自己家，但猛烈的风雨还是让我改变了主意。

我们一边闲聊，一边吃吃喝喝。希美和望，两人名字同音，又都是出生在连名字也没听说过的小岛上。他们自嘲的话语中带着几分对故乡的骄傲，身上有着一种朴素的气质，让我仿佛听见了海浪的声音，闻见了海潮的气息。他们的故乡和东京比起来，无论是人口还是建筑物的高度，都完全不是一个量级的。

岛上只有几千人。我听说有当红明星来时的东京巨蛋里一个晚上能坐五万个人的时候，真怀疑自己数错零了。岛上最高的山还没有东京铁塔高。

他们说，即使到了东京，也还是觉得自己现在的世界太小了。他们说，以后要见识更大、更大的世界。

无论到多高的地方，现实世界的任何角落都没有分别。听着他们聊天，我这样想道。这时，电视里突然重播起了《细雪》这部电影。我很惊讶，这两个人居然都没有读过谷崎润一郎的作品。这样就说得通了，这两个人根本没有见识过文学的世界，所以才会对现实世界充满渴望。

要不要给这两个人看看《灼热鸟》呢？

也许能让他们明白，现实是无论如何也比不上文学的。

但结果令我很失望，安藤完全否定了故事中的爱，杉下虽然也提到了"爱"这个字眼，却也没有肯定故事中的爱，而是声称对她来说，极致的爱是"共同承担罪恶"。

我一点都不明白，为什么爷爷会说我和杉下很像。在我看来，杉下和安藤更相似。

那一阵子，有房地产公司的人经常来拜访房东爷爷，他们想让爷爷把房子卖了。爷爷来找我商量，怎么样才能推掉这件事。但我心里其实觉得，如果爷爷能住进带养老服务的高级公寓，安度晚年，也算是一件好事。

"如果不能守护住这里，那我的人生也就完了。"

我意识到，"野蔷薇庄"里也藏着一个只有房东才知道的世界。那些现实一点点积累，在房东爷爷的心中升华，这栋房子对他来说就是一部文学作品。如果是这样的话，那我也想为他出一份力。

但是，付出实际行动的是杉下。如果没有她的话，我们一定无法守住这栋公寓吧。我目睹着她将那个充满幻想的计划付诸行动，使之成功。我想，她和安藤也许能够找到超越文学的现实。

我终于发现，只是把自己封闭在狭小的房间里，每天对着原稿纸，根本就不可能把现实升华为文学，甚至我所经历的现实，其实压根就毫无升华的价值。

母亲对我做的事情，果然并不是爱。真正的爱根本不需要修饰，使它升华，无论谁都能看得出来那就是爱。

如果一直与杉下和安藤待在一起的话，也许有一天我可以坦诚地接受自己的过去，承认自己曾经是个"可怜的孩子"。然后，或许我可以在现实世界中，找到新的、真正的爱。

安藤会前往更为广阔的世界，杉下也会跟着出发，而我，也能跟上他们的脚步吗？我希望到了那个时候，这里仍在，能成为我精神的归处。

距离那次台风已经过去了两年，我好不容易建立起来的想法，在遇见奈央子的一天之内就被彻底粉碎了。

遇见奈央子后的第二天晚上，我去了杉下的房间。自从安藤搬走以后，我和杉下也很少见面了。我总觉得她房间哪里有些奇怪，仔细看才发现多了一台雕刻着百合花的梳妆台。

桌上摆着一碗刚做好的土豆沙拉。

以前，杉下的冰箱里总是堆满了装在保鲜盒里的小菜，但自从安藤搬走以后，她囤积食物的数量大幅下降了。我原本以为她是为了安藤准备的，但安藤也没那么能吃。也许是因为她家里人口很多，所以习惯了多准备一些食物吧，但是过了三年才发现没必要做这么多吗？

我打开自己带来的白葡萄酒的瓶盖。

"杉下，最近你和那个野口有联系吗？"

"偶尔有吧。"

"土地收购的事情现在也没那么紧急了，为了防止他起疑心，你是不是该跟他保持点距离比较好？"

"不过，因为还需要从他那里继续打听土地收购的消息，所以我答应给他当智囊了。"

"智囊？做什么的？"

"将棋。虽然说是什么智囊，但是他最近光顾着跟安藤下棋，完全没工夫见我，又说不用见面也可以，在电话里指导他就行了。我想，他也没有太当一回事吧。"

我本来想劝杉下离野口远一点，好让奈央子放心。但如果杉下不再给野口做智囊的话，野口就会输给安藤，那他就又会给奈央子添上新的伤痕。对奈央子来说，那是爱的证据。但看见她那白皙的皮肤上出现新的伤痕，实在令我难以忍受。

在比赛中依靠他人的力量作弊，而且还是依靠比自己年轻的女大学生，这么输不起的家伙干脆别比不就好了？或许，输了之后伤害奈央子，也是他用来取乐的方式之一。如果真是这样的话，那就不能让野口输。

"不过，安藤面对上司，想必也没有全力以赴吧。他不是整天想着出人头地，说什么要爬得更高更远之类的话，那至少也该明白怎么拍上司马屁吧。"

"你觉得安藤是故意输给他的？"

"——那倒没有。"

安藤那个正直到固执的死脑筋，不可能会这么做。

"安藤知道你在背地里帮野口先生的事吗？"

"他怎么可能知道？野口先生可是他非常崇拜的上司，他整天开口闭口都是野口先生又怎么怎么了，天天说野口先生的好话呢。要是让他知道野口先生在背地里拜托我做这样的事情，他肯定会很失望的吧，还可能会当面说出贬低野口先生的话，那对他来说可不是好事。所以我是绝对不会告诉他的。西崎你也别告诉他。"

"我和安藤最近完全没有联系，你放心好了。"

"他外出工作的时候，不是偶尔也会过来吗？你可不要让安藤得罪野口先生，不然'野蔷薇庄'也就危险了。"

"是呢。不过，杉下你没事也最好不要跟那个野口联系了吧，你和野口私下联系的事要是被安藤知道了可就麻烦了。"

"确实是这样，我会小心的。"

巧妙地引导了杉下的想法以后，我打开冰箱，想找找有什么别的吃的。

"杉下，你是打算在这闭关不出吗？"

冰箱里塞满了保鲜盒，甚至以前都从没见过这么多。以前，如果杉下做了这么多菜的话，一定会跟我们打声招呼，或者送一些到我们房间里来给我们吃。但这次她没有这么做，是打算自己一个人吃完吗？

"因为在打折，我不小心就买多了。你喜欢吃什么就拿一些回去吧。"

杉下在冰箱前蹲了一会，拿出了几个保鲜盒堆在桌上。

"不用一下子拿这么多出来，我们也好久没聚了，就慢慢喝点酒吧。我想了个新书的点子，你来帮我参谋一下。"

"这样啊，那好吧。"

杉下把摞成一摞的保鲜盒端起来，放到了梳妆台上。

"放在这种地方，等下菜汤漏出来怎么办？"

"没关系，也不是什么重要的东西。"

"这可是这间房里看起来最贵的东西呢。"

"是野口先生的夫人送我的，我生日还没到呢，也不知道她为什么送我。"

"是不是因为你们一起去逛街时，她觉得你看上去很想要？"

"我才不需要这种东西呢。不过，我可能确实多看了几眼吧。"

镜子里的杉下似乎有一瞬间变得面无表情，但转瞬又恢复了平时的样子。

"这个梳妆台不会把地板压坏吧？要是公寓被破坏了，我们的计划不都白费了吗？说不定这就是野口家的目的呢。可能他们本来就想卖掉'青碧大楼'又想充好人，就干脆把这里搞得乱七八糟，我们自然就会放弃了，所以才送这么重的东西过来。"

"应该不会吧，你想象力也太丰富了。"

"那就让想象力丰富的我来帮你参谋一下新书的创意吧。"

"是关于贝壳的故事，就是你送我的冲绳特产启发了我。在现实世界里活不下去的男人眼前，某天突然出现了一位美丽的女神。"

"这不就是我们之前说过的嘛。你要写奇幻小说？"

"是纯文学。"

"不过，听起来不太有意思呢。还是先给你办个安慰会吧。"

杉下打开冰箱，拿出了一罐起泡酒。

桌子上摆放着 6 个空罐子。我肚子填得满满的，找了个舒服的姿势随地躺下，杉下也躺到我旁边。

"安藤也搬走了，只剩下我们两个人每天相处，你不会喜欢上我吧？"

"如果我不是这么负面的话，也许我真的会喜欢上你呢。"

"杉下负面吗？那我呢？"

"你也很负面。"

"我可不觉得杉下是个负面的人，就算你真的负面，人们不是老说负负得正什么的，我们不是很配吗？"

"别说这种像老土少女漫一样的台词。你不会要把这句台词写进投稿的小说里吧？而且要怎么负负得正？上床吗？在我看来，人和人的关系只能用加减法来计算。拉后腿的人，以及把人带到更高、更明亮的世界的人。"

如果按照这个逻辑的话，杉下对我来说应该是加法。她一定不了解什么才是真正的负面吧。只有真正负面的人才会明白，两个负面的人在一起，相互舐舐伤口，就能一点点变得正面。

"果然你喜欢的是安藤吧。"

"我谁都不需要。负面的人只能依靠自己的努力，达到零点。"

"你真了不起啊，能靠自己的力量摆脱负面的状态。"

"——不，因为有人帮我度过了最难的阶段。我甚至没有说出口请求他帮我，只是对着他按动了四次自动铅笔呢。"

"那个家伙现在在哪呢？"

"不知道，希望他过得好。"

我抬头望向满是污渍的天花板，杉下握住了我的手。

"我们能守护住'野蔷薇庄'，真是太好了。西崎，你就是你呀。"

杉下一定读完了《灼热鸟》，也意识到了鸟就是我。她一定是出于对可怜鸟儿的同情，才会握住我的手。如果我没有遇见奈央子的话，即使我明白，握住我的这只手只是出于同情，并不含有任何爱意，也一定会再也舍不得放开它吧。

但是，我已经遇见她了。

我和奈央子每次见面，都是她喊我出去的。也许是为了不让杉下发现，她挑的地方都离公寓很远。基本上，她叫我出来的时候，身上都带着新添的伤。

造成伤疤的原因，并不是野口输给了安藤，似乎是因为他在工作上遇到了什么问题。我还是太天真了，以为只要杉下一直努力帮他，奈央子就不会再受伤。原来，任何事情都可以成为使用暴力的借口。

拿筷子的姿势不对。蔬菜没吃完。——和母亲一样。

"其实他比我更痛苦。"

每次见面，奈央子都会流着泪，一边展示伤痕一边这样说。而我会亲吻奈央子的伤口，她也会亲吻我的旧伤疤。

我们从来没有做过更进一步的事情，不是我不想，而是奈央子不愿意。

她想要得到的从来都只有一样东西，那就是野口的爱。从前，我害怕被母亲抛弃，以为那样我就会活不下去，奈央子也同样担心着会被野口抛弃。

而我，只要她能幸福就足够了。

到了深秋，奈央子突然不再联系我了。

没有联系我，说明她身上没有再增加新的伤痕了。我应该高兴，可我很想见她，实在无法控制自己。我一边回忆着第一次见到的她，一边将贝壳放在耳边。我一直无法从贝壳里听出海浪的声音，但这次，我仿佛听见了她亲吻我伤疤时的呼吸声。

如果把贝壳磨碎吞下去，这个声音能成为只属于我一个人的东西吗？

电视新闻说将要修建新的地铁，得到这个消息的同时，地产商彻底放弃了对公寓的收购计划。

这下杉下就没有理由再和野口打交道了，奈央子应该能放下心了。但差不多同一时期，我在新闻里听到了安藤和野口那家公司的名字。他们的公司好像在油田开发的计划里遭遇了失败，损失不小。我担心这件事会不会跟野口有关系，如果是的话，不知道奈央子会受到怎样的虐待。但无论如何，那个专门为了奈央子而买的手机一次也没有响起过。

夏天时，杉下已经拿到了大型地产公司的内定，上个月还去参加了内定仪式。她经常在深夜和一大早打扫大楼的卫生，借机考察了楼内的动线、空调的分布位置、装修的品位和照明的使用感等，提交了一份报告，因此得到了很高的评价。她好像还在继续打工，有次她一边洗着脏了的工作服，一边说着要买同学聚会的衣服和通勤装什么的。

还有几个月，杉下也要搬走了。

等我写完手上的稿子，如果这次也通不过初选的话，那就考虑认真找份工作吧。不知什么时候起，我开始有了这样的想法。

年底的某天晚上，安藤到公寓来了。杉下说他们俩一起刚从野口家回来。杉下拿出了常吃的小菜，我们简单吃了点东西后，杉下和安藤就开始下将棋了。我则在一旁喝着酒，听他们聊起近况。

"安藤，我听说你们公司出了事上了新闻呢。"

"是那个油田开发计划吧，那个跟安藤也有点关系吗？"

"不只是有点关系，我就是那个部门的，所以最近可惨了。"

"那你现在还有闲工夫在这里？"

"现在事情已经处理得差不多了，不过，肯定有人要被踢走的。"

"安藤呢？"

杉下停下手，抬起了头，安藤则继续盯着棋盘。

"不知道。也许明年的这个时候，我就要被踢到某个儿童套餐上都不会出现国旗的小国去了吧。"

"是由野口先生决定吗？"

"正式文件肯定是由更上面的人发布的，但是他的话语权很大。不过，那位恐怕现在也没闲工夫操心别人的人事调动吧。"

"毕竟奈央子都那样了呢。"

听说他们刚去了野口家的时候我就很在意，突然听见奈央子的名字我还是惊了一下，不小心碰倒了杯子。那样，是什么意思？杉下拿来抹布擦拭桌子。

"不好意思啊。……是你们在冲绳认识的那个人？听说他跟安藤正好是一家公司的，你们还在联系啊。"

安藤不知道土地收购的事情，他应该以为我只是听说过野口的名字，对这个人没什么了解吧。

"是啊，而且安藤现在还是野口先生的下属，我和野口夫人奈央子偶尔也会一起出去买买东西、吃吃饭。"

杉下回答道。安藤是野口的下属，说明油田开发计划的事情和野口也有关，他的责任毫无疑问肯定比第一年进公司的安藤要大得多，奈央子不会有事吧？

"说起来，杉下，你说过那个梳妆台就是她送的吧？"

安藤抬起了头。

"这个？我刚才就觉得这个东西放在这里怪怪的，原来是奈央子送你的？"

"嗯。"

"看起来很贵啊，为什么要给你送这个？"

"不知道。"

——很痛，很绝望，有时我也想要逃走，但我绝不能容忍被其他女人取代。希美一定受不了的。我今天来就是想把这件事告诉她……我还给她送了礼物呢。

那天，奈央子还是没有见到杉下。

"真奇怪。你不会在帮奈央子的外遇打掩护吧？她只要说去见希美了，野口先生就不会起疑心了。"

"怎么可能。而且，奈央子有外遇？这我可是第一次听说。"

"怎么说呢，只是流言蜚语而已。——不过，这次我说不定可以赢过你。"

杉下又坐回了棋盘前，"啊"地喊了一声。

"等一下！这个棋局的话，可以用那个……"

她自言自语地抱着胳膊，闭上了眼睛。奈央子外遇的传闻，对象是我吗？我很在意，但继续追问的话，他们可能会起疑心。我必须假装若无其事。

"外遇？你们不是说，野口夫妻是模范夫妇吗？"

"只是流言而已，据说她的外遇对象是个长得特别好看的男人。我一听到这话，脑子里就出现了西崎你的脸呢。"

安藤一脸坏笑地看着我。

"饶了我吧。我跟这种流言蜚语怎么可能扯上关系。好了，比起陌生夫妇，我更关心你们俩怎么样了？安藤，我可是不会让你住在我房间的，接下来的时间就留给你们俩好好相处吧。"

"这房子可不隔音。杉下，你怎么说？"

"——可能不行。"

杉下还在认真盯着棋盘，自言自语般地说道。

"很遗憾，西崎，看来我们的小希美现在脑子里只有将棋呢。就算你偷听，应该也只能听见些无聊的对话了吧。"

我才没心情关心那些。

"赢不了吗，杉下？"

"多半是赢不了了。"

"别急着放弃啊，你肯定有办法的。"

"喂喂，西崎你为什么站在杉下那边啊？我认真起来就是这么厉害。"

"——好吧，那你们就加油奋战到最后吧。"

我确认两人都把注意力集中到了棋盘上，然后就回了自己房间。

不到五分钟，他们就分出了胜负。隔着薄薄的墙壁，安藤得意的笑声传了过来，还有杉下用听起来并不太不甘心声音说着"好不甘心"。杉下对于这种不带目的、不被当成手段的比赛，似乎并不太在意输赢。

如果下次对局时，安藤打败了野口，那个家伙就会拿奈央子来出气，让奈央子身上增加新伤。那么奈央子会为了确认那是爱，而再次把我叫出来吗？

我到底在期待些什么？

我在墙边躺下，偷听杉下和安藤有没有谈起奈央子的事。

——我觉得，虽然奈央子流产了很可怜，不过，有野口先生照顾她，应该没事的，不管什么时候，野口先生都会好好守护她的吧。野口先生真的很爱奈央子啊，一眼就能看出来呢。虽然奈央子很可怜，但也有点羡慕她呢。

——恩，的确是很爱她吧。

——可你刚才还说，外遇什么的。

——只是流言而已……

安藤好像不太想提起，但杉下缠着他不依不饶。我忍不住把耳朵贴到了墙上。

——听说夏天的时候，有人看见她挽着一个年轻男人的手走在路上，两个人还一起走进了酒店。奈央子结婚前就在我们公司做前台，大多数员工认识她。而且她的外遇对象是个长得非常好看的男人，大家都很感兴趣，流言一下子就传开了。

——非常好看的男人，就像西崎那样呢。

——我也是一下子就想到了他，不过，西崎完全不认识奈央子吧。还是说，奈央子来过这里？

——只来过一次。她听说我住在"野蔷薇庄"，就说名字很美，想来看看，让我带她过来。

——名不副实，她很意外吧。

——用吓了一跳的神情看了半天，说这里像是"大草原上的小房子"一样，很不错。对她来说这里就像是荒郊野岭吧。

——因为我们这里除了生活必需品什么也没有嘛。那次她见到西崎了吗？

——没有呢。

——那就不可能是西崎了吧。

——是啊，说起长得好看的男人，我们就一下子想起了西崎，但是帅哥不是到处都有吗？

——不过，那个门链，你怎么看？

——说实话，我觉得有点瘆人。

——奈央子被关起来，会不会不是因为流产，而是因为传言进到了野口先生耳朵里？野口先生那个人没有你想的那么好。

我简直想立刻飞奔到隔壁，问清楚到底是怎么回事。奈央子被关起来了？原因是她流产了？到底是怎么了？奈央子不联系我，原来不是因为没有遭到暴力对待，而是因为情况太严重已经没有办法联系我了吗？

他们提到了门链，如果她被锁在家里，当然也没办法来向我求助了。电话、邮件……但是这个时间去联系她，就算我不是她的情夫，也会引起怀疑。不，如果她真的被监禁了，那个男人一定会首先切断她所有的通信方式。

要不要找安藤和杉下商量一下，把我和奈央子的关系告诉他们？反正他们已经隐约怀疑我是奈央子的情夫了，应该很容易理解情况。但是，安藤不知道土地收购的事情，该告诉他多少呢？

总之，先找杉下商量吧。

第二天下午，我确认安藤已经离开，就去了杉下的房间。

"请把奈央子的情况告诉我。"

杉下很惊讶。

"真的是西崎？但是，你们是什么时候？"

我把那个夏日傍晚，我如何遇见奈央子的事情告诉了杉下，只是省略了奈央子来找杉下的真实原因，只说她那天正好经过。

"奈央子居然被野口先生家暴，我真是一点儿也没有察觉。"

"你不相信我？"

"不是，在我看到那条门链的时候，就隐约感觉野口先生可能有这样一面了。但不管怎么说，你乘虚而入和她交往也太狡猾了吧。不过，外遇感觉是文学世界里的常用桥段呢。"

"我可不想被你这么说。比起这些，奈央子现在状况怎么样？"

"她完全变了一个人。听说她流产了，身体还没有恢复，眼神看起来很没精神，经常突然流眼泪，感觉精神上也受了很大伤害。"

"她状态这么差，你们却什么也没做就回来了吗？"

"因为我不喜欢奈央子嘛。"

"就算你讨厌她，也可以帮帮她吧？她还送过你这么漂亮的梳妆台呢，你怎么能说这么绝情的话？还是说，你对她丈夫有意思？你不会是想趁奈央子虚弱的时候乘虚而入取代她吧？"

"别说傻话了。我这辈子最讨厌的就是随便往别人家里搬什么梳妆台的女人。而且，我也最讨厌野口先生那样以自我为中心的男人。那种夫妻，他们越疯我越开心。我已经受够那些精神有问题的人，再也不想帮他们了。为什么我一定要照顾别人？他们有痛苦，自己想办法逃避现实不就好了！"

"杉下，你没事吧？"

"我说的不对吗？西崎想帮助奈央子的话，你就自己去帮好了。也许她遇见你之前就被家暴了，但她流产说不定是因为你呢，野口先生可能以为奈央子肚子里的孩子是情夫的。"

"我们不是那种关系。"

"事实是你们两个私下有见面，野口先生在那么高级的门上打了个洞装了门链，说明他一刻也忍不了想立即解决这个问题吧。那种人才不会仔细询问，你们到底有没有进行到最后一步呢。"

"是……我的错吗？"

"我不知道。不过跟我又没有关系。"

杉下说完就转过身去，走向厨房，站在水槽前，又从脚边的箱子里用双手捧出了一大堆土豆，在水龙头下清洗了起来。她去掉土豆皮，用刀唰唰几下切成小块，又从冰箱里拿出好几盒肉，也切成了块，接着是洋葱。做完这些她又从水槽下面的橱柜里拿出一口大锅，放在燃气灶上，往锅里滴了几滴油，点了火——

想要让我离开的话，其实她可以直说的，但她一句话也没说，只是开始当着我的面做起了饭。这个住在我隔壁、看起来脾气很好的家伙,简直像变成了另一个完全陌生的人,我转身离开了她家。

　　无论我心里对奈央子的感情多深，不付出实际行动，就不能把她拯救出来。我在这间不到十平方米的小房子里一个人过年，我明白，在这里为她的幸福祈祷，也只不过是一种自我安慰罢了。什么也没有改变，我还是那个"可怜的孩子"。

　　过年期间，我的邮箱里一封贺卡也没有收到过。但某天我打开邮箱，发现了一封很厚的牛皮纸信封，是我订购的《白桦》的最新刊。我记得这期应该会刊登白桦文学奖的初选结果，于是我当场打开了信封，翻起了里面的杂志。

　　名单里有我的名字——初选通过了。从投稿的两千人里选出一百人，里面有一个是我。这篇小说的名字是《贝壳》，由我对奈央子的感情记录而成的故事，正在升华为文学。

　　我直接去了房东爷爷的房间，给他看了杂志，问他杉下什么时候回来。

　　她晚上才会回来。

　　我还有时间，理清自己的情绪。

门铃响了，门外是杉下。

"上次是我不对。"

她递给我一盒特产酒。其实她本就不必向我道歉。我邀请杉下进门，一起品尝她特意带来的酒。

"回老家开心吗？爷爷跟我说了，你来东京之后这还是第一次回老家呢。"

"嗯，我去参加了同学会。"

"是吗，那还不错。"

我从来没参加过什么同学会，比起同学会，还有更重要的事情。我沉默着把《白桦》递给了杉下。也许是因为我看了太多遍了，她一翻开就是名单那页。

"这上面有西崎的名字，好厉害！《贝壳》，是之前跟我们说过的那个故事吧？通过初选了呢，恭喜你。"

她没有调侃我，而是真诚地祝贺我。我再一次确定了，我能拜托的人只有杉下。我下定决心开口道：

"杉下，我想帮奈央子。我已经彻底明白了，我不能失去她。但是，我怕我一个人做不到。"

杉下合上《白桦》，放在我面前。

"你想为奈央子做些什么？"

"总之，我想把她带出来，带到安全的地方去。"

"这又能改变什么呢？"

"一直待在扭曲的环境里，人就无法意识到扭曲，只有离开了以后，才会发现自己以前的生活是扭曲的。如果那时她还想回去的话，就随她好了。"

"如果只是这样的话，也许能想点办法。"

我得到了意想不到的回答。

"你愿意帮我？"

杉下打开盒子，拿出了一个蓝色的酒瓶，上面贴着"青景岛"的标签，又从冰箱上取下两个杯子，把冰块放进杯子里。她安静地倒完酒，把其中一个杯子放到我面前。

"如果能让你在这里遇见的可怜女孩，还有王子殿下的幻想延续下去，那就这么做吧。"

我不太懂她在说什么，但她愿意帮我实在是太好了。我们碰了一下杯。

"那么，应该怎么做呢？"

"你知道'夏绿蒂·广田'这家店吗？是家很有名的餐厅，很难预约，王子殿下在那里打工。"

"我对这种地方没兴趣。"

"那是奈央子和野口先生充满回忆的地方呢。"

"所以？"

"那家店对一些特殊的顾客提供上门外送服务，而这项服务主要由王子负责。我去对野口先生提议，点那家充满两人回忆的餐厅的菜，来给奈央子打气，而你就想办法趁机混进来。"

"做得到吗？"

"那就要看你了。"

"那你到时候会做什么？"

"我多半会跟他们一起吃饭吧，然后安藤应该也会去。"

"我要一个人把奈央子带出来吗？"

"我是不会帮你的。而且也希望你绝对不要让野口先生认为我和安藤帮了你。"

"趁机混进去是要怎么混？"

"拜托王子帮你，他一定会帮你的。近期我会约他来一次，到时候问清楚外卖服务能不能预约上，如果可行的话，我们就一起拜托他。不过，你不要太严肃地求他，他是个很善良的人，万一搞砸了他会非常难过的。你要做好心理准备，失败才是正常的，成功是运气好。"

"这计划靠谱吗？"

"我们不是也成功守护了'野蔷薇庄'吗？"

听她这么说，我有了这次也会成功的错觉。

杉下把那个帮助我们的人比喻成王子，于是我们顺便用公主来指代奈央子，用邪恶的国王来指代野口，制定了一个像校庆表演一样的剧本。很不可思议的是，就连我也感觉自己仿佛参加了一个很有意思的活动。

第一次见到王子的五天后，我接到了奈央子的电话。她趁和野口去外面吃饭的机会，偷偷找了个公用电话向我求助。

"真人，救救我。下周末希美会来家里吃饭，她肯定会和我老公在书房里下棋，你趁这个机会来带我走吧。我突然想到，我会假装这个电话是打给'La fleur·真纪子'花店订红玫瑰的，你那天晚上6点钟假装成送花的人来吧。求求你了。"

杉下一步步推行着计划，在杉下的提议下，野口预订了外卖服务，她还说吃饭之前她会拉着野口在书房下棋。

王子对我们的计划不太感兴趣，但还是同意帮助我们。

剩下的，就看我的了。

1月20日，计划执行的当天。5点30分，花店里的客人多得都要站不下了，我真没想到会有这么多人来买花。明明后面还排了好几个人，前面的人却在磨磨蹭蹭地犹豫不知道买什么好。我真想把他推开，直接冲到前面去买下整桶红玫瑰，但我知道现在不是着急冲动的时候。等我终于买好了花，时间已经是6点5分了。

6点25分，我才到了公寓楼下，约定好的时间已经过了，奈央子可能很着急吧。我在前台登记好，走到电梯前。电梯好像刚升上去，我只能等着它再降下来。

——这时，安藤也到了。

安藤不是应该再晚一点才会到吗？要是这家伙也在的话，就算杉下想拖住野口，野口也肯定会从书房出来的。要是我打算在野口出来前带走奈央子，安藤也一定会阻止我。

我一边努力不让他起疑心地跟他搭话，一边思考着该怎么办。

要向他坦白计划吗？能不能暂时引开安藤，不让他去野口家？但是，我们一起走进电梯里时，安藤却直接按了最上层的按钮。他准备在会客室待到约定的时间再去吗？我心里松了一口气，按下了48楼的按钮。

"真巧啊，这个是杉下订的吗？"

"不，是野口夫人。我和她有过一些缘分——说起来，安藤，我最近明白了一件了不起的事情。以前杉下说过，极致的爱是共同承担罪恶，这是真的。她的那个人，你今天也会见到，尽管期待一下吧。那家伙人还挺好的。"

为了分散他的注意力，我故意说道。这样一来，待在会客室的期间，安藤一定满脑子都是杉下。

我在 48 楼和安藤分开，走向野口家。

正如杉下所说，野口家那厚重的大门上装着一条看起来很廉价的门链，显得格格不入。我按响了门铃，里面传来了奈央子的声音。

"我是'La fleur·真纪子'花店的，您订购的商品送到了。"

听到里面的声音不是野口的，我松了一口气。但隔着对讲机，也能听出来奈央子的声音非常虚弱，我的心又提了起来。门开了，眼前的奈央子看起来整个人都瘦了一大圈，非常孱弱，眼睛里没有一点生机，好像随时会倒下。她伸手抓住了我的手腕。

"救救我。"

"我知道，我们走吧。"

我把花一把扔进玄关里，抓住了奈央子的手。但意想不到的是，她竟然用力抵抗，站在原地没有动。

"不是的，那孩子，她在里面。"

奈央子把我拉进去，关上了门。

"怎么回事？"

"那孩子在书房里，和我丈夫单独相处。从过年的时候，他们就开始悄悄私下联系了。明明是请她和安藤一起来吃饭，我丈夫却叫她先来。求求你，你是那孩子的男朋友吧？你把她带走吧，把她带走，再也不要让她来了。"

"我不是她的男朋友。"

"你骗我？我以为你是她的恋人，为了让你说服她，才特意对你那么好的，还帮你舔了那么肮脏的伤疤。"

帮你舔了那么肮脏的伤疤——

"喂，你在干什么！"

走廊深处传来声音，一个高大的男人走了过来。这家伙就是野口吗，我刚反应过来，一记拳头就打到了我脸上。我晃了一下，背重重地砸在门上。男人一把抓住我的胸口，继续挥起拳头。

"就是你吧，用花言巧语欺骗奈央子的人，就是你害死了我们的孩子。"

"不是的，我们，不是，那种关系……"

"闭嘴，要不是你这家伙，我就不会怀疑奈央子了。"

奈央子有外遇的流言激怒了野口，让他比以往打得更凶狠，他不知道奈央子已经怀孕了，所以导致奈央子流产了吗？这家伙可真会找借口。不过，我必须逃走。我把手伸到背后抓住了门把手，准备打开门时，却听到了廉价金属咔嗒作响的声音。

门链被人从外面关上了。

我的背抵在门上，无路可退，男人用拳头连续殴打着我的左脸。我用模糊的意识捡起掉在脚边的花束，对着男人的脸挥去，趁男人松手的一瞬间，朝着离我最近的那间开着门的房间跑去。

奈央子苍白着脸站在走廊上看着我们，继续往前，是杉下的身影。

我冲进房间里，一心想着要找些什么东西来防身，于是我拿起了厨房里的一把菜刀。但是，现在我出不去，该怎么办？我能拖延时间，撑到安藤或者成濑赶来吗？

男人冲了过来。我们隔着餐桌对峙，我举着菜刀，但男人猛地把餐桌推向我，趁我被撞的瞬间抢走了菜刀。我会被杀掉吧。

"住手！"

是杉下的声音。她站在男人身后，举起了细长的银质花瓶。但下一秒她却突然摔倒在我旁边，几乎同时，男人倒在了地上，嘴里发出低声呻吟。

站在那的是奈央子，她一手拿着银质的烛台，懵然看着倒在地上的男人。一滴滴鲜红的血液顺着烛台滴落，男人的后脑勺上也流出了同样颜色的血。

"为什么……"

杉下摇摇晃晃地站起来，拿起桌上叠好的餐巾，跪坐在男人旁边。

"不许碰他！"

奈央子一把将杉下推开。

"我不许你碰他，他是我一个人的！我不许你碰他一根手指头。你给我滚，快滚！还有你。"

还有你，她说的是我吧。但我无法把奈央子一个人留在这里。

"快点！"

奈央子从男人手上拿过菜刀，把刀尖冲向我。

"西崎，我们走吧。"

杉下一边观察着奈央子，一边拉起了我的手。我站起来，注视着奈央子，但奈央子的眼神完全否定了我。她仍然把刀尖对准我。

"奈央子，你冷静一点。你只是被这个男人用暴力控制了，把暴力当成了爱而已。"

"西崎，别说了。"

"奈央子，你真可怜啊，他害你流产了。你一定很想解脱吧，一定很想得到自由吧。是你救了我啊。"

"——是为了我自己。我要在这孩子抢走贵弘之前，把他变成我一个人的。求求你了，让我们俩单独相处吧。"

"走吧，西崎。"

杉下推了我一把。但在大门前，我停下了脚步。

"出不去了。"

"什么意思？"

"有人从外面关上了门链。"

"是谁？"

"不知道。"

"不会是安藤吧？"

杉下看起来快要哭了。安藤已经知道公寓里发生的事了吗？

"安藤不会做这种事的。可能只是住在附近的孩子搞的恶作剧吧，毕竟门上有这个东西还是挺奇怪的，也很显眼。总之，我们要么打电话叫人来帮忙，要么就只有等谁过来，才能出去了。"

"奈央子！"

杉下回头看了一眼，突然惨叫了一声。奈央子倒在男人怀里，腹部插着一把菜刀。

"都是我的错。"

杉下喃喃自语。

"如果我按计划把野口先生拖在书房里，就不会出现这种事了。而且，要是我不举起那个花瓶……其实我没想打野口先生，只是想砸一些贵重的东西，吸引他的注意力。"

"不，是我的错。我应该装成出去了的样子，奈央子一定是知道出不去了才会自杀的。"

我不是完全没有察觉到异样，就像橙色虫子吞噬了母亲，而我却没有叫醒她一样，是我没有想要救奈央子。不然的话，虽然她拿着菜刀，但抱住纤瘦的她不让她反抗，应该是很容易的一件事。

肮脏的伤疤。我早就知道，那并不是爱。

"杉下，是我打了野口。野口拿刀捅死了奈央子，所以我打死了他。"

我捡起掉在男人脚边的那个染血的烛台，用双手握住，然后又放回了原位。

"你在说什么？不是奈央子杀了野口先生然后自杀了吗？你为什么要撒这种谎？"

"我不想让奈央子被当成杀人犯。"

"那你也不必自己把罪名扛下来啊？"

"我曾经对一个人见死不救，我以为那是世界上最爱我的人，是世界上唯一爱我的人。为了永远留住那个人的爱，我对她见死不救。——我暗示自己，想让自己相信这一点，假装我和那个人之间有过爱，但那份爱并不存在。"

"但是，那个人和奈央子没有任何关系啊。"

"我想赎罪，然后得到解脱，从那份错误的爱里解脱出来……奈央子杀死野口，是因为爱他。"

"可能只是因为她精神太脆弱了，所以才会欺骗自己罢了。"

"就算是这样，杀人的动机也是出于爱。爱这么尊贵的字眼，不应该成为夺走人生命的理由。如果我是凶手的话，那杀人动机就是复仇了。"

门边墙上的电话响了，是前台的人，他说外卖送到了。

"取消掉。"

我挂掉了电话。

"杉下你什么也没有看见。你一直待在书房里，只有野口一个人先出来了。等一切都结束了，你才从里面出来。所以，你也不知道门外的门链被人关上了。"

"我不知道能不能瞒得过去。"

"你不是说，极致的爱是共同承担罪过吗？野原爷爷说过，我们俩是同一种人。我们之间可能没有爱，但请你和我一起分担罪恶吧。"

电话再次响起。

"王子殿下来救你了。杉下，这次换你来接。"

我把话筒递给了杉下。

十年后

站在高处，我想看到的究竟是什么呢？

案件结束以后，我踏上了社会，仿佛和西崎、野口夫妇从来不曾有过任何交集一般。我常常带着客人参观高层公寓，嘴里说着一成不变的台词"这里视野非常好"，心里却有个声音说着"那又怎么样？"

我想要的不是这里，而是有人能牵起我的手的地方——也许只是这么简单而已。

事件发生的那天，我原本应该负责把野口先生拖在书房里，我却特意把奈央子的情夫正打算带她离开的事情全部告诉了野口先生。

为了那个曾把我带去高处的人，为了安藤望。

当我慢慢移动棋子，就快想出获胜的办法时，野口先生开口说出了令我难以置信的话：

"安藤要被流放了。"

他看起来没有任何恶意，甚至满怀兴趣地说，他们打了个赌，用五次对局的胜负来决定安藤的去留。因为我当了野口先生的智囊，安藤就要被流放到鸟不生蛋的地方去了。我绝不允许这种事发生。

我要阻止这件事，为此，只能让西崎挨几下揍，然后告野口先生伤人罪就好。

——如果我没有那么做就好了。我为此后悔了无数次，但听说安藤被分配去了某个儿童套餐上经常能看见国旗的国家做项目负责人时，我还是打心底里觉得，真是太好了。

如果我把这件事告诉西崎，他会原谅我吗？但是我知道，他也一定有事情瞒着我。他是为了奈央子吗？为了安藤？还是为了我？总之，他所做的事情一定不是为了自己，而是为了某个其他人。

野原爷爷还为西崎保留着他的房间，他现在还在那里吗？我希望，他已经战胜了对火焰的恐惧。毕竟，他正是为了这个，才飞蛾扑火般地选择了承担罪责。

因为那场火而拯救过我的成濑则回到故乡，在海边开了一间餐厅。弟弟去拜访过他一次，把我生病的事情告诉了他。我那位依然活得好好的父亲，替我安排了一间能看见海，和白色城堡很像的病房。成濑时常会来探望我。

他问我，有什么可以替我做的。我差一点说出，我想要知道事件的真相，但最后还是放弃了。

我请他做些好吃的。但不是为了我。

是为了那些在我的生命中给过我爱的人们——为了 N。

解 说

千街晶之（推理评论家）

极少有一本书，能让整个娱乐界的潮流为之一变，而凑佳苗的处女作《告白》就是这样一部革命性的作品。

讲述年幼独生女被学生杀害的中学教师复仇历程的《圣职者》，作者凭借这部短篇小说获得了2007年日本第29届小说推理新人奖。第二年，她将这部获奖作品的第一章扩充为长篇小说《告白》。作为一部文坛新人的处女作，《告白》极其罕见地引发了热烈的讨论。在《周刊文春》每年年末固定举行的十佳小说投票中，这部小说成为日本国内小说排行榜的第一名。第二年，它又获得了第6届书店大奖。2010年，中岛哲也导演改编的同名电影作品上映，更是使小说的人气上了一个台阶，目前它的累计销量已经超过了300万册。

在凑佳苗登上文坛前的那几年，娱乐界对"治愈"这个词总是多加嘲讽，那些关注人心幽微之处的作品大多不受欢迎。正是由于《告白》的出现，这种风气被一扫而空。推理界开始用"暗黑推理"这个词，为那些主要描写人心中的负面部分，读后多少会令人心中感觉不适的作品专门进行了分类。在凑佳苗前就发表了不少类似作品的沼田真帆香留、真梨幸子等人也受到了关注。《告白》不仅仅是一部人气小说，还成功使整个娱乐界的风向都发生了极大的转变，不得不说，这是一部在推理史上具有重要意义的作品。

回到凑佳苗的作品上，除了处女作外，以两名希望目击他人之死的少女为主角的第二部作品《少女》，讲述无法记起杀害同学凶手长相的四名少女在15年后再次迎接命运波澜的第三部作品《赎罪》，这些都应该属于"暗黑推理"的分类中。《为了N》是作者的第四部作品，值得关注的是，这也是作者第一次创作与她之前的一系列作品风格迥异的一部新作。

本作品在东京创元社的杂志《创元推理》的33～37号刊（2009年2月～10月）上连载，于第二年，也就是2010年1月由东京创元社出版发行。作品中的主要人物，包括两名死者在内一共是六个人，这六个人的名字中全都含有"N"这个字母。小说名中N究竟是谁？"为了N"究竟是什么意思？在阅读小说的过程中，各位读者恐怕时刻都在思考这些问题吧。

在东京的超高层豪华公寓"天空玫瑰花园"的48楼，大型综合商社的科长野口贵弘与其妻子离奇死亡。丈夫头部受到重击，妻子的侧腹部中刀。现场有一名手拿染血烛台的青年，名叫西崎真人。另外在现场的还有三个人：被野口夫妇邀请到家中做客的、西崎的邻居杉下希美，杉下的同学、在法国餐厅打工的外送服务人员成濑慎司，杉下的友人、同时也是野口贵弘的部下，比她迟来一步到访的安藤望。西崎说，野口贵弘用刀杀死了自己的妻子，西崎则用烛台击中了野口贵弘、杀死了他。西崎以杀人的罪名被逮捕，其余三人的证词也证明西崎没有撒谎。

以上是第一章中，杉下、成濑、西崎、安藤四个人以证词的形式所叙述的内容。但在第一章的末尾，出现以事件参与者中某个人的语气进行的回忆。这个人只有最长半年的寿命，他说，在十年前那个事件中"一切都只为了这个最重要的人考虑，费尽心思找到了让这个最重要的人不受任何伤害的办法"，他还说，"我想知道全部真相。我想让所有人都知道真相"。

小说中的每一章主人公都不同，从不同人物各自的视角叙述，这本就是作者自处女作以来的拿手好戏。从第二章开始，故事都是由第一人称视角进行回忆，十年后发生了什么，那起惨剧究竟是如何发生的，事件发生时自己做了什么，逐渐揭露第一章中他的证词里虚假的部分，让读者逐渐了解他的过去和心中隐藏起来的秘密。正是由于这种主观性，每个人都有自己的想法，产生了误解，与事实产生了出入。随着主人公的更换，每一次我们都能知道其他人物所不了解的事实，这种意外性和紧张感是本书的一大特色。

在这部作品之前作者所发表的三部作品，《告白》《少女》《赎罪》都是两个字、形式统一的标题，虽然内容各自独立，但风格有所类似，直到这部作品从标题的形式起就完全不同，这也许是有意而为。

作者此前作品中的"暗黑推理"元素在这部作品里也并非完全不存在。首先，野口夫妇的关系就给人以阴暗的感觉，而且关于每个主人公家里的描写中，也或多或少能察觉到人性负面的地方，将这一点完全体现出来的锐利笔触，完全能体会到作者独有的魅力。如果将这部作品在"明"或"暗"中寻求定义的话，它的确属于"暗"的一类，但它并不是《告白》那样极具冲击力的惨剧。此前的作品中登场的人物，拥有着极其鲜明的轮廓，给读者留下深刻的印象，但这部作品中的主人公们则更像是隔着一层薄薄的面纱，读完之后更多是一种安静而寂寞的感觉。

之所以会有这种区别，想必是因为这部作品从本质上来说，其实是一部恋爱小说。不过，与之前的作品不同，在这部作品中登场的人物，没有之前的角色那样强烈的自我主张（打破了标题的统一性，也是为了强调这一点），所以他们心中的情感也只能深埋在自己心中。

四名男女对事件发生当天自己所做的事情都有所隐瞒。如果他们中哪怕有一个人没有做出某一个行为（或者把自己做的事说出来），悲剧也许就不会产生，而他们之后的结局也会不一样吧。但是，他们都将自己的所作所为隐瞒在心中，封锁了十年之久，因为这是他们每个人，为了自己心爱的人——"为了N"所做的事。他们从未渴望回报，甚至不希望对方知道自己的付出，那是纯粹的牺牲。

当然，他们每个人都不知道，自己以外的其他人所隐瞒的秘密。了解所有秘密的人，只有以上帝视角俯瞰全局的我们这些读者。在《小说斯巴鲁》杂志2014年6月刊载的作者访谈中，作者谈到本书的立意时说："《为了N》就像是一种立体拼图，每个角色直到最后都不知道谁撒了谎。比起探测人心的最深处，我更希望读者都可以自己试着拼起这块拼图，读到最后才发现原来是这么一回事。"

而构成这幅精妙的立体拼图核心的，是人与人充满遗憾的错过。为了描写每个人的错过，作者将各种片段巧妙地穿插在整部小说之中。比如，高中时代杉下和成濑的自动铅笔，杉下试图通过按动自动铅笔的次数向成濑表达心意，但是杉下和成濑对此的理解大相径庭。知道这一点的我们不由得会感觉十分遗憾。还有清洁高层大楼时，两人一起在吊车上的场面也令人印象深刻。明明处在咫尺之间，但两个人心中所想的事情完全不同，他们的错过在后文中也具有重要的意义。单相思的对方心中有另一个单相思的人，互相喜欢的人却彼此没有察觉……无可奈何的关系，复杂又讽刺的人物形象，被作者用温柔中略带苛责的笔触一一描写出来。长期以来，我们都认为凑佳苗是极其擅长描写人性黑暗面的作者，但从《往复书简》（2010 年）起，她也创作了许多着眼于人性正面的作品。如今回头去看，《为了 N》这部作品或许是她的另一种倾向开始萌芽的时期。

　　但是，在读完整部作品后，希望大家还能回过头再看一遍第一章。如果第一章最后出现的人，在"知道我所剩的时间已经不多时，我的欲望陡然开始滋长"后，凭着这股"我想知道全部真相，我想让所有人都知道真相"的冲动，将隐瞒在心中的秘密全部和盘托出，也知道了其他人物心中所隐瞒的秘密，究竟会发生什么呢？人的心意，不用语言说出是无法让对方知晓的。但是，一旦说出，恐怕有些东西就会被毁掉。这摇摇欲坠、危若累卵的立体拼图，如果有人说出了真相，是会瞬间崩塌，还是会构建出新的形状呢……读完后留给诸位充分想象的空间，也是阅读本书的乐趣之一。

　　最后，值得一提的是，这部作品实际上是作者出道以后写作的首部小说。根据前面提到的《小说斯巴鲁》所刊载的采访，在《告白》的单行本出版时，《少女》和《赎罪》的创作都已经完成了接近八成。成为职业作家后，她专心写作的第一本书就是《为了Ｎ》。也就是说，《为了Ｎ》是在她凭借《告白》一跃成为人气作家的光环下写作的第一部小说。在这样的环境中，能够创作如此卓越的作品，也佐证了凑佳苗身为作家的非凡实力。